完璧な俺の青春ラブコメ
kanpeki na ore no seisyun love comedy
1. ぼっち少女の救い方
藍藤唯
illust. kodamazon

……俺には関係のないことだ
どうしてわたしなんかを誘ってくれたんですか……？
五代涼真（ごだい・りょうま）
勉強・運動共にトップであり、全校生徒憧れのカリスマ的存在。
そんな“完璧”を維持するため日々隠れて努力するストイックな高校生。
他人に深く干渉しないようにしているが、困っている人を放っておけない性格でもあり……。
木下みなみ（きのした・みなみ）
真面目過ぎるあまりぼっちになってしまった不器用な少女。
目標のために努力することを当然と考える真っ直ぐで健気な性格だが、自己肯定感は低い。

あんたが嬉しければ、だいたいあたしも幸せよ?

如月亜衣梨(きさらぎ・あいり)

カーストトップに君臨する女王で、カリスマインスタグラマー。自分の人生をどうにでも出来るほどの地位と力を手に入れたが涼真だけは唯一思うようにいかない。

——で、涼真。木下チャンとは最近どうよ

雑賀尚道(さいか・なおみち)

クラスのリーダーであり中心人物。軽薄なように見えて、しっかりとした芯と尊敬に値するスペックを持つ。涼真のことはライバルと捉えており、対等な関係を築こうとしている。

「じゃあ、ここを俺がよく使うことは黙っておいてくれよ？」
「はい。言う相手がいませんから大丈夫です」

「あたしのこと見てる方が
楽しいと思う。可愛いし」

「楽しいよ、あいつと話すの」

五代涼真が木下みなみを
好ましいと思ってくれている。
そう知ってしまったら、ダメだった。
己を律する言い訳が、揃って消えたその瞬間、
己も知らない本能が、勝手に口を動かした。
「わたしは、あなたが大好きです」

CONTENTS

kanpeki na ore no
seisyun love comedy

完璧な俺の青春ラブコメ

1. ぼっち少女の救い方

藍藤 唯

ファンタジア文庫

3268

口絵・本文イラスト　kodamazon

完璧な男、五代涼真《ごだいりょうま》

――五代涼真は完璧な男。

それが、俺が俺自身の名に懸けた誓いであり、果たすべき使命である。

周囲からの評価は良好。今日の振る舞いも成果は好調。俺の周囲に形成された社会の中で、五代涼真の得ている肩書きは今日もひとまず〝完璧〟と称して差し支えない。

『打ち上げの日程、あとは涼真次第で！』

俺の存在の有無で、所属集団の重要な機会を決定し。

『涼真くんって、ほんとなんでもできるんだね』

日頃積み重ねた白鳥のバタ足で、周囲に一切の弱さを見せることなく。

『ふ、ふふ……涼真くんの髪の毛……』

うんまあ、ちょ、ちょっと過剰なファンもできちゃったくらいのカリスマ？　がある。

個にして完璧。誰の助けも必要とせず、かといって孤独や孤高になることもなく、隙の無い存在。――情けない父親を見て育ったが故の、人生の攻略法がこれだ。

ただ、俺は今でも親譲りの欠点を一つだけ、克服できないでいた。

「……悪いみんな。先に帰っててくれ」

パン、と手を合わせて拝むようにクラスメイトたちに謝罪する。

学校からの帰り道、引き返そうとする俺を見て皆が顔を見合わせた。

「えっ、涼真？　全然待つよ？」

「そーだよ。このまま遊び行かない？」

「せっかく涼真くんが付き合ってくれたんだし」

ありがたい申し出だが、断らざるを得なかった。

「ちょっと、時間かかる用事が出来ちゃったんだ」

ポケットからスマートフォンを取り出して、急用アピール。

「まあ、涼真がそう言うなら。今度埋め合わせしろよな！」

「ああ、そうしよう。ありがとう」

クラスメイトのありがたい優しさに頷《うなず》いて、俺は校舎に引き返す。

出てきた昇降口を戻りながら、彼らへの埋め合わせを考える。

またどこかで遊びにでも誘おうか。それとも、要望は彼らに委ねようか。

いずれにしても、不義理をはたらいた自覚はあるから、償いはしたいと思う。

俺が引き返したのは忘れ物でもお手洗いでもなく――空を見上げた際の俺たちの教室に、
小さな人影が見えたからだから。

「……ふう」

教室の前に辿《たど》り着くと、まず聞こえたのはか細い吐息。

ただでさえ綺麗《きれい》だった夕焼けが、３階の教室には優しくも強く差し込んでいる。

がたん、と机の脚が床を擦る音。そっと揺れる、結わえた黒髪の二房。

長いまつ毛が寂しそうに俯《うつむ》いて、彼女は独りそこに居た。

木下《きのした》みなみ。最近少し話すようになった、クラスメイトの華奢《きゃしゃ》な風紀委員。

「木下、ひとり？」

「えっ？　あ、五代……さん」

開けっ放しの扉の前でそう問えば、伏し目がちだった瞳が大きく見開かれた。

せっかくこんな宝石を埋め込んだみたいな綺麗な目をしているのだから、普段からもっと笑っていられると良いんだが。

「机の整理？　また誰かに頼まれたとか？」

「それは……」

きゅっと胸元で自身の手を握りしめるようにして、木下は俺から目を逸《そ》らした。

また伏し目がちになった瞳には、あまり話したくなさそうな雰囲気。

「ま、いいや。手伝うよ」

五代涼真は完璧な男。そう心の中で唱える。

すぐにでも彼女の状況をどうにかしてあげたい気持ちはあるが、焦《あせ》って首を突っ込んでも、彼女からしたら急にぐいぐい来るキモいヤツだ。

「あ、いえ……五代さんに手伝われるようなことじゃ」

「いいからいいから」

俺は周囲から見て完璧な男であることを心掛けて生きている。

それは目に見える実績だけでなく、相手との距離感もそう。そして、誰かが抱えた問題に対して俺が示す解答も。

「こういうのも好きなんだ。がたがたの机を見ていると蕁麻疹《じんましん》が出る」

そう言って微笑《ほほえ》むと、木下は少し驚いたような表情。

それから、困ったように目じりを下げて、彼女も小さく笑った。

「嘘《うそ》ばっかり……」

――完璧な俺の、完璧でない部分。

誰かの抱える問題に、すぐに首を突っ込もうとする悪癖だ。

親父《おやじ》は誰彼構わず人助けとぬかして偽善者を貫いた結果、莫大《ばくだい》な資産を持っていたにも拘《かか》わらず全てを他人に食い尽くされて人生を終えた。

だから、俺はそうはならないと決めていたはずなのに。

「これで……よし……」

ただひとり仕事を押し付けられて、それを黙々とこなす少女を見ていられなかった。

それが少し前のこと。今となってはそれなりに木下も警戒を解いてくれて、話も弾む。

「……そういえば」

机の擦れる音だけが響く静かな教室に、ぽつりと木下は呟《つぶや》いた。

「今日のお昼休みも、あちこちで次から次へと五代さん周りの話題がありました」

「へ、へー……」

それは、あまり喜ばしくはない気がするな。

「隣のクラスの王寺《おうじ》さんが、『次の定期考査こそ五代に負けない』と怒鳴り込んできて」

王寺……確か学年二位だか三位だかを自称していた彼か。うちの学校、成績の張り出しとかしないのによく誰が何位とか調べてくるな……。

「化学の大貫《おおぬき》先生が、五代くんと秘密のレッスンをするとかなんとか」

大貫……俺にやたら粘着してくる四十代の女教師な……。この前も尻撫《な》でられた。

「あと、今日こそ五代さんと一緒にお昼を食べようとして、わたしたちのクラスの何人かが五代さんのことを捜してましたよ？」

「そうか……」

残念だがそれは、今後も叶《かな》わぬ夢としてもらう他ないな。

いや違うんだ。俺が昼休みに居なくなるのは、孤高を気取っているんじゃない。

単にうちの母親が作る弁当を知られない為《ため》なんだ。今日の弁当なんか、【りょーまだいすき♥】って海苔《のり》で書いてあったんだ。彼女じゃないぞ、母親の弁当だぞ。

「……それから、五代さんの机のまわりで髪の毛を拾っている女子生徒が居たので流石《さすが》に風紀委員として注意しました」

「ありがとう、本当にありがとう」

俺の話ろくでもないな全部。

木下の両手を握ってぶんぶん振った。感謝を込めて。

「あ、い、いえそんな……！」

おっと悪い。

夕焼けを背景に、わたわたと慌てた木下から距離を取る。俺は他人に自分から手を触れるようなタイプの人間では無いはずなんだが、今のはちょっと感謝が暴走した。

「……でも」

木下は、俺が握ってしまった手をそっと撫でて、呟くように言う。

「やっぱりなんだか不思議な感覚です。そんな〝みんなの五代さん〟とこうして――二人で話していることが」

顔を上げた木下の表情が、不安と困惑に揺れていた。

「あの」

「ん？」

恐る恐るといった風に、その柔らかな唇が動く。

「――どうして五代さんは、わたしなんかに構ってくれるんですか？」

どうして、か。

それはあの日――。

その少女に気付いた日。


その日はちょうど、定期考査のための試験週間が始まる一日前だった。

昼休みが終わるちょうどぎりぎりの瀬戸際《せとぎわ》、俺は焦っていた。

ハートマークのちりばめられた母親お手製の弁当を、なんとか誰にも見られることなく食べ終えて。廊下で捕まった化学教師のセクハラをなんとか凌《しの》ぎ。毎日20メートル後ろからずっとついてくる女生徒をなんとか撒《ま》いて。

そうしているうちに遅刻ぎりぎりだ。

公立の割に全校生徒千人を数えるだけあって、うちの高校は敷地《しきち》面積も校舎サイズも比較的大きい。移動教室を挟む休み時間には、教室移動の時間を計算に入れて休みを過ごさなければならないくらいには規模のある学校だ。

授業に遅刻などあってはならない。そんなことを仕出かしてしまったら、俺は俺に何をするか分からない。最低でも頭を丸める覚悟である。

なぜなら俺は完璧な存在として周囲に認識されているし、その在り方を曲げるつもりもないからだ。あれ？　じゃあ坊主《ぼうず》まずくね？

とはいえ、存外に余裕はあったらしい。教室についた時には、２分ほど余っていた。

ほっと胸をなでおろして教室の敷居《しきい》を跨《また》ごうとすると、中から楽しそうな歓声が聞こえてきて顔を上げた。

机の上にあぐらを掻《か》いて扇子片手に語るのは、クラスを纏《まと》めるリーダー役の雑賀尚道《さいかなおみち》。

周囲には彼の仲良しグループをはじめ十人以上の観客。

「続きまして中学二年の始業式のハナシ。今日きたっつー転校生を遊びに誘うアグレッシブなマイフレンド。ところが会場は始業式サボってたオレのとこ。会ったこともねえ人間の家に突っ込むってんで、おいおい正気かとオレもマイフレンドに問うわけですが――」

……まさか教室戻ってきたら寄席《よせ》が始まってるとは思わないじゃん。

「待ち合わせ場所に転校生が着くってLINEが入ったってんで、喜び勇んで向かうマイフレンド。しばらくして連れてきた転校生は挙動不審、そらそうよ知らん人間の家に突然来るんだから。仕方ねえオレがどうにかせにゃって、場を盛り上げることにしたんでさ」

聞き入る観衆に紛れて、俺もつい耳を傾けてしまった。

俺が入ってきたことに気付き片眉を上げる雑賀は、しかし言葉を止めることもない。

ぱちんと扇子を一度机の角に打ち付けて、堂に入った仕草で周囲を見渡す。

「したらよ。しばらく遊んでたらマイフレンドのスマホにまたLINEが来たんよ。んでマイフレンドが顔をぶわーっと真っ青に変えて言うんだわ。『転校生、待ち合わせ場所着いたって』、と」

えっ。

「じゃあ今オレのポテチ食ってるこいつ誰だよ！！！」

どっ、と笑いが起きる教室内。決まったとばかりにご満悦の雑賀。

しかし、そりゃ転校生――じゃない、転校生として連れてこられてしまったやつは挙動不審にもなろうと言うものだ。雑賀のマイフレンドとやらにあれよあれよと全然知らんやつの家に連れてこられていたわけだから。

と、その時だった。

「何やってるんですか。机の上に乗らないでください」

一瞬で、笑いの場が凍り付いた。

空気読めよとばかりの観衆の視線が行きつく先は、教室に入ってきた一人の女子生徒。

彼女が睨《にら》み据える先には、もちろん机の上にあぐら掻いてる雑賀尚道。

雑賀は雑賀で、片眉をあげて軽く言う。

「木下ぁ。今いいとこなんだからちょっと待ってくれよ。大オチがまだなんだよ」

まだ大オチあるのか。ちょっと気になるな。

「ルールはルールです。言われるまでもないことくらい守ってください」

「……ふう。分かった分かった。んじゃ、ここまでで。おあとがよろしいようでして」

そう言って雑賀が机を飛び降りると、ブーイングにも似た落胆の溜《た》め息が蔓延《はびこ》る。完全なアウェーの空気の中で、くだんの少女——木下《きのした》みなみは迷わず自分の席に突き進み、その小さな身体《からだ》をぽすんと席に落ち着けた。

……ふむ。

「よ、昼休みの失踪者」

少し考えていると、雑賀が話しかけてきた。

相変わらず目立つ風体の男だ。１８０を超える高身長もそうだが、自信に溢《あふ》れた表情と切れ長の瞳に強気な威圧感と存在感がある。ガキ大将気質なのか、世界を己の敵か味方かで分けているようなその在り方も、彼のカリスマ性を引き立てているのかもしれない。

とはいえ。昼休みの失踪者ね。

「あまりかっこいいとはいえない二つ名だな、それは」

「お、二つ名とか厨二《ちゅうに》っぽいこと知ってんだ？　意外だな」

「〝厨二とはバカにされがちだが、実際に厨二ものと呼ばれる創作はかっこいい〟のだと、この前に河野《こうの》から教えて貰《もら》ったんだ。実際面白かった」

「河野？　……ああ、あのぼそぼそ喋《しゃべ》る」

「それはお前が無駄に居丈高にふるまってるんじゃないか？」

「そうか？　まあ、涼真《りょうま》からそう見えるなら少し気にしとくけど」

　教室の端の方、三人くらいで話している河野に目をやると、控え目に手を上げてくれたので返しておく。あいつは俺にとっては、特定の分野で頼りにしている情報通だ。

「それで雑賀、何か用か？」

「まあ、用っちゃ用かな？」

　楽し気に笑いながら、雑賀はちらっと振り返る。釣られて見れば、雑賀が見ているのは黙々と次の授業の準備をしている木下の姿。

「小学校の頃はチクり魔とかよく居たけどよ。この歳《とし》になってもってのはタルいよな」

「向こうから言わせれば、この歳になっても机の上に乗る方がどうかって話だが」

「おいおい、向こうの肩持つのかよ。五代《ごだい》涼真さまのイケメンスマイルで懐柔して貰おうと思ってたのによ」

「それは雑賀の方が得意だろ？」

　こいつが仲間内に向ける笑顔は、ある種の中毒性があるという。理屈は分かる。いつでも自信満々に振る舞っている、誰もが知るハイスペック人間が、自分を仲間として認めてくれているという快感。雑賀というライオンが、兎《うさぎ》の肩を叩《たた》いて「お前は凄《すご》いやつだ」と言ってやるだけで、その兎は喜ぶし、周囲は羨ましがるという寸法だ。

なんならこいつは分かっていてそれをやっている。

「……さあな」

雑賀は意図を理解して挑発的に笑う。とはいえ、俺の回答は決まっていた。

ちらっと、華奢《きゃしゃ》で生真面目な少女の後ろ姿に目を向けて。

「……俺が誰かに手を貸すようなことはしないと言ってあるはずだが？」

「そうか？　案外お前は土下座で頼み込めば手伝ってくれそうな甘さがあると思うぜ」

……。

「じゃあ、するのか？　土下座」

「いやしねえけど」

肩を竦《すく》める雑賀だった。相変わらず余計なところまでよく見ている奴《やつ》だ。

「しっかし、木下チャンには困ったもんだな。あれで絶世の美女……それこそ亜衣梨《あいり》とかなら言うこと聞いてもいいけど、木下チャンだもんなー」

随分と迂遠《うえん》な言い回しだな。

「オレは何もしてないしするつもりもないけど、女子たちにも結構嫌われてるみたいだし？　ひょっとしたらこの先なんかあるかもしれねえなー？」

すっとぼけた様子で、雑賀は言う。自分がいじめの主犯格になるとか、そういう腹積もりではないだろうが……起こりうる未来を俺にどうにかさせたい魂胆は目に見える。

見れば、まっすぐ睨むように黒板を見据えたまま授業を待っている木下の周囲には友達も居ないし、先のことでひそひそと彼女の陰口が飛び交っているのもうっすら聞こえた。

「……っ」

わずかに唇を噛《か》んだあの横顔を見るに、聞こえてないわけでもないんだろう。

真面目で不器用な子だとは思っていたが……確かに最近は以前にも増して尖《とが》り気味だ。

一年の頃は、それとなく風紀違反を口頭注意するだけだったのが、公衆の面前でも人を叱るようになったとも聞く。

なんとなく、焦《あせ》っているようにも感じられる。不安定なのは分かる。

「だが俺には関係のないことだ」

「相変わらずだねえ、涼真。ま、いいぜツンデレくん。ただ、オレもクラスでいじめが起きるのは気分が悪いとだけ言っとくよ」

「ツンデレって河野曰《いわ》く、お前のことなんか好きじゃないって言いながら言葉と行動が一致しない人間のことだが……使い方間違ってないか」

「間違ってねーよ。っと、授業始まっちまう」

鐘が鳴り、ひらひらと手を振って雑賀が自分の席へ戻ろうとする。

俺はその背を呼び止めて聞いた。

「雑賀。さっきの寄席で言ってた、大オチってなんなんだ」

「……ああ、あれな。挙動不審な転校生もどきの彼、オレたちはその日いじり倒して結局最後まで四人一緒に楽しく遊んだんだが、翌朝学校で話しかけようとしたら三年《先輩》だった」

「ひどい話だ」

俺が笑うと、雑賀は満足そうに去っていった。

†

「授業中の喫食が絶えない人が居ます。早弁の禁止は、部活動を重んじる高校であっても当然のことです。公立校ならなおさらだと思います」

すべての授業が終わったホームルーム中。明らかに白けた空気にも耐えて言葉を続ける小さな風紀委員を、俺はぼんやり眺めていた。

名前は木下みなみ。今年から同じクラス。生真面目で不器用。小さい。風紀委員。

彼女について俺が知っているのはその程度だ。

いくら風紀委員だからといって、ここまで周囲に煙たがられながらも律儀《りちぎ》に仕事をこなそうとする人間を見たことがないし、そういうところは本当に不器用なのだとも思う。

「ありがとう木下。じゃあその辺り全員気を付けるように。他には誰か、何かあるか？」

ホームルームの最後に誰かから連絡事項があるかないか。

そう担任の先生が問う。普段は誰も手を挙げることなく終わり、部活に突撃したい高校二年生にとって――木下の存在は確かにストレスなのかもしれない。

なにせ明日《あした》からはテスト前の部活禁止期間。今日でいったん、部活は最後になる。

「まだあります」

「まだあるの⁉」

「はい。自転車置き場のルールを守っていない人がこの学年にも多く居るそうで――」

一人起立して話を続ける木下から、なんとなく周囲に目を配ってみる。

抗議、苛立《いらだ》ち、倦怠《けんたい》、虚無。決してプラスとは言えない感情が、真ん中の席の小さな少女に突き付けられていた。

「――以上です」

「お、おう。はは、みんな気を付けるんだぞ！」

「先生、笑っているような話では――」

先生が空気を変えるように笑うと、それがどうやら真面目に受け取られなかったと思った木下が食い下がろうとしたその時だ。

雑賀《さいか》がぱちんと手を打って、響く声で言った。

「じゃ、帰ろうか！」

その言葉を免罪符にするように、部活組が飛び出していく。

木下が制止する間もなく、といったところだろうか。

先生が困ったように木下に歩み寄り、

「まあ、きっとみんな聞いてはいたと思うから」

と励ましにも似た言葉をかけているのが見えた。当の本人は俯《うつむ》いているが。

事の発端となった雑賀は、木下を避けるようにぐるっと回って教室を出て行く。あとは任せたとばかりの視線を寄越してきたので、俺は無視してトイレに行くことにした。

「……っ」

教室からの去り際《ぎわ》、一瞬木下と目があったような気がした。悔しいでも苛立たしいでもなく、無力感を味わっているような、そんな目に見えた。

「……俺には関係のないことだ」

廊下を歩きながら思う。

この手のことで俺が口出しして、物事がうまくいった例《ため》しがない。

確かに俺は、人より優れている自覚はある。努力も、人一倍続けられる自信がある。ただそれは翻《ひるがえ》って、努力できない人間の気持ちが分からないということでもある。

たとえば誰かが、解決しなければならない問題を抱えていたとして。俺が何かを手伝うと、結果的にその人物よりも関与して、そして最後にはこう言われるのだ。

『じゃあもう全部お前でいいじゃん』

テストで良い点を取らなければならないから勉強を教えてくれと頼まれた。風呂《ふろ》飯睡眠以外の全ての時間を使って教えた。途中で音を上げられて、俺だけが学年一位になった。

声優になりたいと夢を語り、俺に協力してほしいと頼んできた。多くの情報を集めてそのロードマップを仕上げたら、ここまでしなきゃいけないなら無理、と背を向けられた。

俺が普段から鍛えていることを知って、強くなりたいから一緒にやりたい、と名乗り出たやつがいた。三日で「もっと楽しくやろうよ」と吐き捨てていなくなった。

たぶんやりすぎたんだと、反省している。結果として俺は友人を失ってきた。

俺の死んだ父親も、偉大な業績を残したにもかかわらず、優しさという名の過剰な献身がもとで身を滅ぼして、遺族たる母さんと俺には権利も事業も一つも残っていない。

だから俺は、もう他人の人生には干渉したくないし、されないように完璧を貫く。

助けてあげたい、支えたいと思うのは、その人物に欠点があるからだ。

俺は個として完璧で、誰にも隙を与えない。そうすれば俺に関わろうとする人は減る。

そのうえで俺が誰かの欠点や問題に目を瞑《つぶ》る。そうすれば俺は傷つかずに済む。

そう、これでいいこれでいい。

「ふぅ」

トイレを出ようとしたところで、ふと足を止めた。なぜすぐ廊下に踏み出さなかったのかは正直自分でも分からない。俺の後ろを付け狙う男女の多さに、染《し》みついてしまった行動だったのかもしれない。

俺たちの教室の前。後ろ手に扉を閉めた木下《きのした》が、しばらくぽつんとそこに立っていた。

合流するのも雑賀の思惑に乗ったようで癪《しゃく》なので、彼女の動きを待っていると、俺の耳が小さな呟《つぶや》きを拾ってしまった。

「やっぱりわたしがおかしいのかな……うまく、いかないなぁ……」

涙、嗚咽《おえつ》混じりの声だった。

とぼとぼと、奥の階段へ向かっていく。そのまま帰るつもりだろう。

「……俺じゃなくても無理だろこれ」

また、完璧な人生に傷がつくと分かっていて、足が勝手に動いた。

──おいおい俺よ、他人の人生に干渉したくないと言ったそばからこれか。

──いや……わざわざ俺が何かをしなくとも、友達の一人や二人いればそれとなく伝えるだけで良いんだ。それならまだ、干渉のうちには入らない。

そう自分に言い聞かせて、俺は彼女と入れ違いにそのまま教室に戻った。

「あれ、涼真《りょうま》くんだー！」

「忘れものー⁉」

ちょうど女子グループが二組と、男子グループが一組教室に残っていた。

「ま、そんなとこ」

忘れものなんてないが、とりあえず自分の机に戻ってそういうアピール。

それから、女子グループに向けて問うた。

「木下が落とし物したっぽいんだけど、追いつけなくてさ。誰か連絡先知らない？」

「え、木下さん？　連絡先……誰か知ってる？」

「ってかグループLINEにも入ってないんじゃない？」

「まじ？　うっわほんとだ。もしかして今時あの子、LINEすらやってなかったりして」

「そんなことあるー？　あ、でも多分うちのクラスの女子は誰も知らないかもー」

ダメそうだな。マジか。グループに入っていない人間が俺以外にもいようとは。

「あ、ってかてか涼真くん！　涼真くんこそLINE交換しようよ！！」

と、俺に飛び火した。仕方ない。

「ああ。体育祭までには準備するから、待ってて」

そう笑って言うと、彼女たちは楽しそうに頷《うなず》いた。

とはいえ木下については何も知らなそうだ。

もう一つの女子グループにも聞いてみたが木下との仲を無駄に詮索されそうになって退散。最後の頼みとして、男子グループ——俺の漫画仲間の河野《こうの》を頼る。

「木下さんの連絡先……？　え、女子が知らないのにおれが知ってるとでも……？」

「そんな幽鬼みたいな顔するなよ……」

「五代《ごだい》、おれを舐《な》めない方がいいよ。生まれてこの方、女子からLINE交換に誘われたことなんてないんだ。嫌そうに交換してくれたことは二度あるけど」

「何をカッコつけてるんだお前は」

なお河野以外の男子は俺と目も合わせてくれなかった。

むしろ河野に、よく五代と話せるなとかなんとか言ってたが知らん。一応これでも完璧な男を心掛ける都合上、誰とでもフレンドリーにはしてるはずなんだが。

「……はあ、ちくしょう」

教室を出て、溜《た》め息を一つ。雑賀め、余計な話を振ってくれやがって。

「結局、自分で行くしかないか」

誰も連絡先を知らないというのなら、もう仕方がない。

頭の中で雑賀が、『やっぱりお前はそういうヤツだよな』と笑っている気がした。

……これは、己に罰を科す必要がありそうだ。腹筋百回追加するか。

†

木下は帰り際、財布の中身を確認していた。

何かしらこのあと使う予定があると推理しよう。あの真面目少女が制服姿で遊戯というのも考えづらいし、コンビニくらいなら交通系ICなどでも事足りる。

バイトで稼いだものか小遣いかは分からないが、何かしらの目的の決まった金と考えると、絞りやすい。参考書や文具の類だろうか。だとすると目的地は本屋か文具屋か。

彼女の通学手段すら知らないが、自転車通学なら彼女の性格上自転車置き場で風紀活動に勤《いそ》しんでいそうだから、今日のホームルームでの言動から考えて電車通学。

……駅前の百貨店に大きな本屋と文具屋があったな。空振ったら明日にしよう。

「涼真！！」

校門を出ようとしたところで、背後から伸びてくる影。たったった、と軽い小走りと共に俺を呼び止める高く澄んだ声色は、聞き慣れた女のもの。

振り向けば案の定、今日も今日とて誰もを魅了する上機嫌なやつがそこに居た。

「如月《きさらぎ》か」

口で表現するのが難しい、アシンメトリーの長髪が優しく風に靡《なび》く。

そんな彼女は振り返った俺の一言目が気に入らなかったのか、その彫刻みたいな美しい相貌をころころ変えて不満さを露《あら》わにした。

「嫌そうな言い方ね！　そんな顔しなくたって良いでしょ」

俺はどんな顔をしていたのやら。少なくとも、嫌ではないはずだからお前の誤解だが。

「別にもう、無理やり撮影に付き合わせたりしないわ。あんたなんか頼らなくてもカメラマンならたくさん居るもの」

「……順調そうだな」

「……当然でしょ？　もう躓《つまず》くものなんて何もないんだから！」

ふふん、と満足気に胸を張ると、抜群のプロポーションが制服越しにもはっきり分かる。

――如月亜衣梨《あいり》。この美女の完成形みたいなビジュアルをした彼女とは、一年の頃からの付き合いだ。といっても、初めて会った頃とは違い、もはやＳＮＳ上で彼女を知らぬ学生など殆《ほとん》どいないほどのカリスマになってしまったのだが。

「それで何か用か？」

俺も行く場所があるし、と思って問えば、露骨に曇る彼女の表情。相変わらず、ころころと機嫌の変わる秋の空のような性格だ。

「なに。用がなくちゃ、話しかけるのもダメなの？」

「別にそんなことはないが、お前も忙しいんじゃないのか？　最近は友達とも遊びに行けてないって聞くしな」

「っ」

そんな顔して驚くほどのことを言ったつもりはないが。

「……余計なお世話よ。連絡一つよこさないくせに、心配だけはするんだから」

唇を尖《とが》らせて、不満そうな如月。

「心配ってほどのことじゃないだろ」

そもそも今日も、大人気インフルエンサーである〝Airi〟その人は取材やらなにやらで休みをとっていて、それでクラスにいなかったのだ。芸術系の私立高校に転校する話も出ているくらいの文字通りの芸能人だが、頑《かたく》なにこの学校を離れようとしない。

長期休みを返上して単位を取るまでして、ここに居続ける理由もないと思うんだが……一度それ言ったら如月は泣いてぶちキレたので、以降は触れていない。

去年の諸々《もろもろ》を、大事な思い出だと思ってくれているのは、嬉《うれ》しくはあるけれど。

「今日は学校に報告だけしたらフリーなのよ。だから……その。あ、あんたどうせ暇でしよ、久々にどっか出かけたりしない……？」

その長く綺麗《きれい》な髪を弄びながらちらっと俺を見上げる上目遣いは、思わず首を縦に振りたくなる強い魔性。横顔でコインが作れそうなほどの美貌を、こうして無邪気に振り回すから如月は性質《たち》が悪い。今日はもうこれ以上己に腹筋を科すのは御免だ。

「せっかくなら、お前と遊びたがってた友達と行くといい。それに、お前の商売はあまり男の影があるとよくないだろ」

あ、額に青筋が。

「だから余計なお世話っつってんでしょ！　だいたい疑似恋愛で売ってるわけじゃないって知ってる癖に！　あたしはカリスマインスタグラマーなの！　アイドルじゃない！」

そうは言ってもだな。……と、この話は平行線だからいったん置くとして。

「分かった分かった、そう怒るな。相変わらず、見る度にお前は本当に綺麗だよ」

「っ……もう、ほんとずるい」

ごす、と拳を一撃叩《たた》き込まれた。大した力は入ってないが。

「……それに、その一言で全部許しそうになる自分が嫌」

もう一撃殴られた。ぷいっとそっぽを向いて如月は言う。

「……友達と遊びに行く。一人で寂しく帰ればーか」

「ああ、そうする。気を付けて楽しんでこい」

ひらひらと手を振って如月を見送り、なんとなくスマホのアプリを開く。

百万人以上のフォロワー数を抱え、ランキングでも二百位以内を誇るAiriが、今日も美しい自然を背景に己を十全に引き立てた画像を上げている。

そこから自分のプロフィールに飛ぶと、華々しさが一転、随分殺風景だ。

『五代涼真なんて付けたらみんなが見に来るでしょ。もともと随分と贅沢《ぜいたく》な名前なんだから、あんたの名前は「ご」で十分よ』

名前も「ご」しかない俺のアカウントには、フォロワーが一人しかいない。

あいつと違って、ずーっと1だ。一緒なのはアカウントの開設日だけ。

「綺麗な夕日だ」

なんとなく空を撮影して久々に投稿すると、すぐにそいつから「いいね！」が付いた。

†

如月と話して少し時間を取ったが、今日の解決すべき事案は木下《きのした》の方だ。

いや俺が勝手に事案にしているだけではあるんだが……とはいえ、泣くほど追い詰められているところを見てしまったのは事実だ。

不器用な生真面目さが押し付けになって疎《うと》まれて、というのが俺の目の前で起きた現実で、現状それ以上でもそれ以下でもないけれど。

どうしてそこまで頑張らなきゃいけないのか、頑張らなきゃいけないと思っているのか。

そのあたり、どうにかできるならしたくなってしまうのが……俺の悪癖であり、忌《い》まわしき父親との共通点なのかもしれない。あまり深く考え出すと投げ出しそうになるが、そんなことをしたら己への罰に爪を剝がなきゃ釣り合わない。流石《さすが》に嫌だ。

「……まあでも、推測が当たって見つけてしまったら、初志貫徹か」

駅前百貨店の5階。大きな書店の参考書コーナーに、目的の彼女の姿があった。

偶然を装《よそお》って声をかけようとしたら、ちょうどその時彼女の鞄《かばん》が参考書の積み上げられた平台を崩しかけたところだった。

「おっと、足元気を付けろよ」

「……え？」

参考書を支えながらそう言うと、俯《うつむ》いて本棚を眺めていた彼女が顔を上げた。

やや虚《うつ》ろにも見えた瞳の光が戻ってきたと同時、その小さな口が声を漏らす。

「えっと……五代、さん？　どうしてここに」

「そりゃ学生だからな、本屋に用がある時くらい……ってかお前の鞄で崩しかけたこの本の山、支えるの限界だから手伝ってくれ」

「あ、ご、ごめんなさい！」

慌てて両手でピサの斜塔みたいになっていた参考書の山の重心を整えてくれる木下は、代償とばかりに自分の鞄を落っことしていた。

流石に床に落ちるのも忍びないので俺の足の甲を滑り込ませたけど、予想以上にこの子の鞄クソ重いな滅茶苦茶《めちゃくちゃ》痛い。

「何が入ってんだお前の鞄……！」

「なにって、今日の科目に必要な……って落としちゃってた⁉　あ、五代さん足がそんなところに！　間が悪くてすみません……！」

「間が悪いんじゃなくて地べたに鞄落ちないように俺が足を犠牲にしたから、謝罪よりお礼が欲しいかなぁ……！」

ぺこぺこ頭を下げる彼女。いいから鞄どけてくれと思いつつ、やっぱりこの子いちいち不器用だなと改めて思う。今だけで何コンボ不器用かましたんだろう。

そもそも今の言動からして置き勉ゼロじゃない？？？

普通あり得ないだろ、全部の教科書持ち帰ってんの？？？

「あ……そう、だったんですね。ごめんなさい、気づかなくて……ん、しょ……」

おそるおそるといった感じで木下は鞄を両手で持ち上げる。

「ありがとうございます、五代《ごだい》さん」

申し訳なさそうに、半ば無理やり作ったような笑みと共に木下はそう言った。

それが疲れ切ったふうに見えたのは、今日のあれこれで俺の頭に余計な情報が積載されているからだろうか。

五代涼真《りょうま》は完璧な男、五代涼真は完璧な男、と内心で唱えながら痛みを耐えつつ。

「木下も、参考書買いにきたのか？」

「はい……といっても、中間試験を目前にして買うものでもなかったかなと」

明日《あした》から、うちの学校は中間試験の試験期間だ。二週間の部活禁止と、速やかな下校が求められる。木下の言う通り、参考書を買うより試験のための勉強で時間を取りそうだ。

「本屋まで来てから気が付いたのか？」

「……そう、ですね」

俺が努めて明るく笑って問うと、木下は力なく俯いた。会話相手を不快にさせまいとしたような、乾いた自嘲の笑みが余計に痛々しい。

なんかもう見ていられないのは俺だけか。気が滅入《めい》っている時特有の思考の鈍化というか、自己嫌悪《じこけんお》まで混ざった落ち込みよう。

どうして自分はこんなことにも気づかないのか、と顔に書いてある。

「あのさ、木下。なんか最近疲れてないか？」

「え？　どう、でしょう。そう見えるのでしたら、そうなのかもしれません。といっても、五代さんとお話ししたことはそんなに多くありませんが」

「教室の後ろの席って、全体がよく見えるんだよ。背中ばかりであってもさ」

「そうなんですか……？」

俺を見上げる彼女の、困惑したような視線。……まあ、今ぐいぐい行くのも違うだろう。こうしてある程度話というか、接点が出来ただけで十分だ。

「良かったらこれ受け取ってよ」

「え？」

手渡したのはノートの切れ端。怪訝《けげん》そうな顔の彼女は、そこに書いてある文字を見て少し驚いたようで。

「無理にとは言わないけど。何か困ってることがあったら連絡くれる程度でもいいから」

「は、はい。ありがとう、ございます」

きゅっと切れ端を握って、木下は頷《うなず》いてくれた。

大した関係もない人間が、今日だけの縁をたてにスマホを取り出して強引に迫れば、あまりいい印象は与えない。

自分の意志で連絡先を登録してもらうのが、あとあとになって効いてくる——とは雑賀《さいか》の弁。連絡先の交換も男から、連絡をするのも男からで、受動的にさせすぎると鬱陶しく思われやすいんだそうだ。

まさかあいつのナンパの持論が役に立つとはな。

LINEは友達に追加されたら通知が来るし、そうしたらあとのやり取りはスムーズだ。

聞き流していたが、憶《おぼ》えていて良かった。

「さて、邪魔して悪かったな」

「あ、いえ全然……びっくりは、しましたけど」

「分かる。ただ、知り合いの姿を見つけたら、用事がなくても声はかけて良いらしい」

「……？」

先の如月《きさらぎ》とのことを思い出して、笑う。

「参考書買わないんだったら、木下ももう帰りか？」

「あ、はい。ちょっと下の階のお弁当屋さんにだけ寄って」

「そっか。それじゃあまた明日。良い弁当が買えるといいな」

手を振り去ろうとすると、「あの」と意外にも木下から声。

「……五代さんは、参考書買わないんですか？」

同じく本屋に用があると言ってここに来て、先に帰ろうっていうんだからそりゃ疑問か。

まあ、口実のために散財できるようなお金もないしな。

「俺も本屋まで来て気が付いたんだよ。明日から試験期間じゃんってさ」

すると木下は驚いた顔をして、それから初めて見る笑顔を見せた。

「五代さんも……何かを忘れることがあるんですね」

純朴で自然なその表情はきっと木下本来のもの。雑賀は如月と比較してディスっていたが、彼女も笑うとこんなに魅力的なのだ。

その笑顔を、学校でも見られるようにしてあげたい。

それがたぶん……この子をどうにかしたいと思った動機だった。

どんな人間にも倒せないやつはいる。

「やだやだやだー！　捨てちゃやだー！」

「捨てるとは言ってない……」

玄関で天井を仰ぐのは、もう何度目になるだろうか。

俺の胸をべしべし叩いて抗議をするこのちんまいのが……まごうことなき母親だ。

「もうちょっとこう、普通の弁当にしてくれと言っているだけなんだけど」

「普通……!?　もう、りょうくん！　そんな聞き分けのない子どもみたいなこと言わないの！　よそはよそ、うちはうち！」

「違う違う違う。そういう親っぽいこと言えるタイミングじゃないって」

ハートマークだらけならまだマシ、可愛《かわい》らしいキャラ弁が似合う年頃ではなくなって久しいのに、いつまで経《た》っても嬉《うれ》しそうな顔で弁当を手渡ししてくるものだから、俺も結局断れずに今に至る。ちょっと手心を加えてほしいと願い出るとこれだ。

なお、作らなくて良いなどと口にすると、絶縁叩きつけられたみたいな顔をするので、ただの悪手だ。俺はその手で三敗している。

「じゃあ、あたしに飽きちゃったってこと……!?」

「母さん！　母さん！！　なんの話だ！」

「りょうくんに飽きられちゃったら、あたしこれからどうやって生きていけばいいの⁉」

「人聞きが悪すぎるんだよ！！」

ほんともう外に出ないで欲しい。

「あー……わかったわかった。じゃあ、明日もお願いするから……」

「ほんと⁉　ふふっ、もういつまで経っても親離れできないんだからぁ！」

「こ、この……！」

つんつん突いてくるこれが、血縁証明付きの俺の親であることを、もう一度言っておく。

「……で、えっと、母さん。晩御飯は……」

「もちろんあるわよ！　でもりょうくん！」

「……なんだ？」

「今日はあたしと一緒に映画見る約束よね！！」

「………食べながら見る？」

「ええ、そうしましょう！！」

るんるんとスキップでキッチンに引っ込んでいく母さんを見送り、とりあえず俺も自分の部屋に戻る。ちらりと母さんの部屋を覗《のぞ》き込むと、親父《おやじ》の仏壇。

「……ただいま」

挨拶くらいはしておくが、それ以上もそれ以下もない。

部屋にバッグを置いてダイニングに戻ってくると、廊下と一体化しているキッチンでフライパンを振るう母さんと目が合った。

「それにしてもさー！！！」

「そんなとこから叫ぶなよ……。なんだよ」

喉を嗄《か》らされてもたまらないから、俺からキッチンに移動する。

「今日、遅かったね。どこ行ってたの？」

「遅いと言っても6時半なんだが……」

「だっていつも6時には帰ってきて……そしてそのまま出て行っちゃうじゃない。あたしを置いて」

「ただの日課な？？？？」

何を言っているのかこの母親は。まるで俺が浮気《うわき》旦那みたいな言いぐさである。

ランニングと、ついでに公園で筋トレしてくるだけだ。今日はちょっと量が多いが。

「で、なにしてたの？」

「別に、大した用じゃないよ」

あまり話したい内容でもないから、努めて軽くそう言った。

ただまあ、嫌な予感はしていた。こういう時だけは妙に鋭い人だから。

すぐさまじとっとした目になって、声のトーンが一段低くなる。

「……りょうくん、あたしに何か隠してるでしょ」

頑張って低くしているけど、頑張ってる感が隠せてないのが母さんクオリティ。

「隠し事の一つや二つくらいあるだろ、高校生なんだから」

だからこうして流すとすぐにボロが出る。

「やだやだ！　りょうくんの部屋のどこに何があるかも全部把握してるんだから！」

「マジでやめてくれない？？？？」

別に見つかって困るようなものも特にないが、だから良いってわけでもないだろ。

「……で、お母さんの目はごまかせないんですけど？」

「どうしても話さなきゃダメか？」

「うん。さもないと――」

今作ってる晩御飯抜きとかか？　と俺が代償を想像するよりも早く母さんは言う。

「――ベランダで大声で泣く。息子に捨てられたって」

「やめろマジで」

うち安いアパートなんだから周囲に無茶苦茶聞こえるだろうが。

「……はあ」

溜《た》め息を一つ。いつになったら俺は母さんに勝てるのか。

「別に大した話じゃない。ちょっと見てられないことがあっただけ」

「……ふぅん？」

「嬉しそうにするな」

一変して楽し気な笑みを浮かべる母さん。

温め直した料理をテーブルに運びながら、さっきまでとは違う優しい顔で言う。

「りょうくんは、嫌がるけど。お父さんもそうだったから」

「だから嫌なんだよ。こんだけ生活苦しいのも、自分のことも考えずにあちこちに良い顔した親父の遺産がカラなせいだろうが」

「十分幸せよ。お夕飯におかずが二品もあるんだから」

母さんはほんとうに心からそう思っているような、弾んだ声色で小皿を置いていく。

「……あのなぁ」

それも全部母さんのパートと保険の解約で賄ってるものだろが。

「俺は、親父みたいになるつもりはない」

そう一言で撥《は》ねのけても、正面に腰かけて居座った母さんは、にこにこと笑みを崩さないまま。俺が全部を口にするのを、このままだと朝まで待っている。

「ただ……」

「ただ？」

嬉しそうに首を傾《かし》げられて、俺は諦めて胸の内を零《こぼ》した。

「一度気になると、どうにもならない。……血のせいか？　そんなもののせいで俺の気持ちは左右されるものなのか？」

今日だって、木下《きのした》が泣いているところを見てしまったせいで余計なお世話を焼いた。俺にとっては、なんの得にもならないのに。

「お父さんがそうだったから、りょうくんもそうなる……ってわけじゃないと思う。でも、そんな顔をしないで欲しいわ。りょうくんの優しさは、欠点なんかじゃないもの」

「……母さんはそう言うけど」

でも、俺が余計なことをした結果はいつだって、

『最初から五代《ごだい》に任せておけば良かった』

『全部お前で良いじゃん』

『はいはい、かっこいいかっこいい』

……ろくなものじゃない。

賞賛をされることはある。でもそれは求めていたものじゃない。誰かの望みを叶《かな》えたくて手を貸して、その結果として当人より頑張りすぎてしまったり、空回りしたり。そんなことばっかりだった小中時代。

望むもののために努力するのは当たり前だと思っていた。一緒に頑張ろうと笑った。ただ、努力するにもどうやら才能があるらしいと知った。

『俺はもう疲れた』

『夢はあるけど、ここまで頑張らなきゃダメならもう良いわ』

『お前のが才能あるよ』

『お前のバイタリティにはついていけねえわ』

『そこまでしろとは言ってねえよ』

ならもう、誰かに手を貸すのなんて単なる余計なお世話じゃないか。

それが、親父と似ていると言われたらなおさらだ。

なのに俺は、学習しない。

「りょうくんは、お父さんのことどう思ってる？」

「葬式にさえ、ろくに人が集まらなかったような惨《みじ》めな親父。死後も母さんの足を引っ張ってるろくでなし。おせっかいが過ぎて身を滅ぼした愚か者」

「……そう、ね」

そんな寂しそうな顔すんなよ……。

「でもね、りょうくん。あたしはお父さんのこと今でも世界で一番好き」

「だからなんだよ」

「だからね、りょうくん。きっとあなたにも……そういう人ができるから。あなたの気持ちを押し殺さないで、思った通りにやってみなさい。りょうくんはかっこいいんだから」

母さんはそう言って心底嬉しそうに笑った。

今でも、母さんに何も残さなかったような親父を、ずいぶん誇らしげに語って。

「………俺はもう、自分のしたことで後悔したくない」

だから、今回のことはほどほどに。

俺には、親父にとっての母さんみたいな人ができるとは限らないんだから。

その時ぽこんと、通知が一つ鳴り響いた。

みなみ　が　あなたをＬＩＮＥ　ＩＤで友だちに追加しました。

放っておけない感じの子？

今日の昼の弁当はキャラ弁だった。子供の頃好きだった電気鼠《ねずみ》の。海苔《のり》で「がんばれ」と書いてあったので、とてもではないが人に見せられないと改めて意志を固くした。

なにが頑張れだよ、全く……。

昨日と違って余裕のある時間に教室に戻ってくると、何やら後方で揉《も》め事の気配。

今度は何があったのかと様子を窺《うかが》うと、騒ぎを遠目に眺めている雑賀《さいか》と目があった。

やれやれ、とばかりに首を振っているところを見ると自分で干渉するつもりはないらしいが……あの目は完全に、涼真《りょうま》はどうするんだ、とでも言いたげだ。

うわあ……見たくない……何が起きてるんだ……？

「――もう少し周りのことを考えてくださいと言っているんです」

声を荒げるようなことはないものの、有無を言わせぬとばかりの風紀委員さんの一喝。

向き合っているのは、いつも声の大きい女子数人のグループだ。おい雑賀の仲良しメンバーじゃないか、お前がどうにかしろよ……。

「そこまで言うことなくない？　ちょっと借りただけじゃんね？」

「ねー」

顔を見合わせて同意を募る女子三人。木下が庇《かば》うように立っているのは、俺の漫画仲間の河野《こうの》だった。そして借りただけ……ああ、状況が分かった。

「でも、無許可で人の机を占有すれば、河野さんが困ることくらい分かるでしょう」

要は女子グループが昼休みに河野の机と椅子を勝手に使っていたということだった。

確かに彼女らのうち二人の席が河野の席に近く、河野の椅子さえ借りれば手軽に三人で仲良くお話ができる。彼女らの理屈としてはそんなところだろう。

「えー、ほんと？　困ってた？？？」

「え、いや……おれは……別に……」

ヘビに睨《にら》まれたカエルのようだった。問いかけというには随分と圧の強いパワハラじみた言い回し。当然、それを木下が見過ごすわけもない。

「ほら、別に構わないって」

「構う構わないの問題ではないですよね。勝手に使っていた事実は変わりません！」

「え、でも木下さんさー、困るからやめてって言ったんだよね？　困ってなくね？」

「それはっ……！」

揚げ足取りで言葉に詰まったところで、後ろから河野がぼそっと言う。

「もういいって、木下」

「えっ……」

理解できない、とばかりの木下の瞳から、河野はさっと目を逸《そ》らした。

味方をしたつもりが背中から刺されたような状態になってしまった木下が呆然《ぼうぜん》としていると、女子グループは話を終えようと畳みかける。

「ほら、河野くん？　だっけ。も、そう言ってるしさ、木下さんのやってることって単なる余計なお世話っつーか――」

……だーもう、くそったれ。俺の居ないとこでやってくれこういうの。

「……どうしたんだ？　戻ってきたら随分剣呑《けんのん》な雰囲気だけど」

「――え、あ、涼真くんっ」

ころっと表情を笑顔に変えた女子に、俺も笑いかけておく。

「五代、さん……」

きゅっと唇を噛《か》んでいる木下と、俺からも目を逸らす河野。

河野はたぶん、バツが悪いというか、情けないんだろう。握った拳がそう言っている。

「や、ちょっと木下さんにさー、河野くんの机借りただけで怒られちゃってー」

「なるほど」

自分たちは被害者です、というわけか。

「木下」

声をかけると、明らかな不満を抱えた様子で俺を見上げる木下。

「少し気分悪そうだし、授業の前に少し保健室で見て貰《もら》った方が良さそうだけど」

「えっ……。……そう、ですか。分かりました」

半信半疑、といった様子で木下は頷《うなず》いた。実際気分は悪いだろう。

彼女は他人の悪意に全く傷つかないような無敵のメンタルを持つ女ではない。そんなことは既に分かり切っている。こんな状況になると分かっていて踏み込むなんて、何が木下をそうさせるのかを知る必要はあるけれど。

覚束《おぼつか》ない足取りで出ていくのを見届けて、俺は一つ息を吐いた。

「じゃあ次からは如月《きさらぎ》の机を使えば解決しそうじゃないか」

「えっ……あ、亜衣梨《あいり》の？」

「ああ。普通に学校に居る河野より、休みがちな如月の方が良《い》いんじゃないか」

「いや、それは流石《さすが》に亜衣梨にちょっと……」

亜衣梨に、というより周りから亜衣梨のことを雑に扱っているように見えるのが不味《まず》い、か。河野はよくて如月はダメ、分かりやすいな。

「俺からあいつに言っておくよ」

「や、ほんとそこまでしなくていいから！　ありがと涼真くん！」

そう言って女子たちは慌てて話を切り上げた。それはそうだ。如月にこの話が伝われば、都合が悪いだろうしな。

俺が軽く会釈《えしゃく》程度に応じると、ニヤニヤした雑賀が歩み寄ってきた。

「もう手懐《てなず》けたのか？　木下チャンがあんな簡単に引き下がるなんて初めてじゃねぇの」

「人聞きが悪すぎるな。何もしてない」

「ほーん……そのうちうっかり惚《ほ》れられたりしてな？」

木下の出て行った方の扉を眺めて世迷言《よまいごと》をほざく雑賀に、俺は一つ溜《た》め息を吐いた。

確かに、誰かの問題に付き合うと、たまにそういう感情を抱いたり抱かれたりということは、なくはない。でも……しょせんそれは一過性のものだ。

「そうなって欲しくはないし、そうするつもりも無い。少なくとも、木下から俺に対してそういう感情が生まれたとしても、長続きするはずもないしな」

俺は俺の外面の良さは自覚しているから、話したこともない相手から愛の告白を受けることもある。でも、そんなの一瞬のことだ。恋の熱なんてものを、俺は信用してない。

俺と居続けるのは疲れるし、しんどい。……なんて、アホほど聞き飽きた台詞《せりふ》だ。

「ひゅー、相変わらずだな涼真は。その言い方だと、お前が木下チャンに惚れるケースも無くはない、みたいに聞こえるが？」

「はは、確かに。未来のことは分からないし、もしかしたらあり得るかも」

なんて雑賀の言葉に適当に合わせながら、ふと思う。もし本当に俺が木下《きのした》に入れ込むようなことが起きたとしたら……まー、俺は初めて失恋を経験するのかもしれないな。

五代涼真：あとで埋め合わせをするから

雑談の片手間に、木下に一言メッセージを入れておく。

すぐに既読になったが、返事は無かった。俺は顔を上げてニヤニヤ雑賀に向き直る。

「それより、雑賀」

「なんだよ」

「お前の周りの女、もう少しどうにかしたら？」

そう言うと、雑賀は少し目を丸くして、それから嫌そうに表情をゆがめた。

「フッた女どもの面倒なんか見たくねえんだけどな」

へえ。ならむしろお誂《あつら》え向きじゃないか。全員雑賀にフラれてんのか、あのメンバー。

「俺にばっかり押し付けるな。クラスの雰囲気を保ちたいなら、お前が働け」

「ちっ。言うこと聞くだけのつまんねえ女どもなんざ、願い下げなんだがなあ。木下チャン相手にするよりはマシっぽいけど」

「さて、どうだろうな」

肩を竦《すく》めて、放課後どうするか思案を始めた。

木下はそのあとすぐ、健気《けなげ》にも戻ってきて五時間目に参加していた。

†

「埋め合わせってなんですか？」

その日の放課後、昨日会った本屋で木下と合流した。

首を傾《かし》げている彼女の様子は、変わらず疲労が滲《にじ》んでいる。

「その前に一応確認したいんだけど、もう帰って寝たかったり？」

「えっ？　流石にこんな時間から寝たりしませんけど……」

時刻は午後3時過ぎ。試験期間が今日から始まって、部活も禁止になった。

今の学生に求められていることは、速やかに帰宅してテスト対策を重ねること。

木下の疲れ次第ではこれからやろうとしていることを断念するのも視野に入れていたが

……そもそもこの生真面目な子に、試験期間の一日目を寝て過ごすなんて選択肢は無かったようだ。

「じゃあ良かったら、少し付き合ってくれないか?」

「付き合う……?」

怪訝《けげん》そうな顔をする木下。

しかし何かに気付いたように、悔しささえ滲ませて彼女は呟《つぶや》く。

「すみません。わたしなんかがあなたのお誘いを断るのもどうかと思われそうですけど。五代さんと違って、試験期間中に遊んでいるような余裕はわたしには」

んんん、俺の言い方が悪かったな!

「ごめんごめん、俺だって遊ぶつもりはないんだ」

「え……でも今」

「付き合うってのは、テスト勉強のこと」

一瞬、ぽかんとした顔をする木下。

「……?　勉強って一人でするものじゃ」

あー、うん。この、誰かと勉強なんてしたこともなさそうな顔!

「と、とりあえず行こう行こう。家の最寄り駅どっち方面?」

「最寄りですか？　降りる駅は柴崎《しばさき》ですけど」

方面だけでいいのに不用心な子だなあ！

「あまり自分の最寄りの駅まで言うものじゃない。女子が一人で帰るんだ、そのあたりは気を付けた方がいいよ」

「えっ……あ、ご、ごめんなさい」

「謝られるようなことでもないが……んじゃ国領《こくりょう》辺りが良いか」

最寄り、柴崎か。俺の家からもランニングで行けるくらい近いところに住んでるな。

今は関係ないけど。

そんなわけで俺たちは高校近くの駅から電車に乗って、あまりうちの生徒が居ない駅に向かうことにした。駅近くにフードコートあるし、定期圏内だし。

「勉強のためでしたら、近くの図書館とかでもいいのでは？」

「小声で喋《しゃべ》ることすらできない場所はちょっとな」

それから、うちの生徒にできるだけ見つかりたくないってのもある。

「そういうものなんですか……」

「悪いな、付き合わせて」

「いえ……ただ」

電車に乗り、ドアに寄りかかる木下とその前でつり革を掴《つか》む俺。

顔を上げた彼女と目が合うと、困った様子で言った。

「どうしてわたしなんかを」

「誘ったのかって？」

そう問えば、自信無さげに、こくんと小さく頷いた。

なるほど。最大の目的は木下と話すことではあるが、言われてみれば埋め合わせに勉強に誘った理由は特にないというか、不思議と自然にそうしようと思ったな、俺。

ファーストフードでも、それこそ遊びに誘うでも良かった。勉強に誘おうとしたのは、確かに試験期間中に遊びについてきてくれそうな子ではなかったというのもあるが。

俺だってテストには備えたい。常に個として完璧であるために、無駄な時間は作りたくない。そういう意味で言うと、俺は無意識に、木下と一緒にテスト対策をすることを、無駄な時間だと思わなかったようだ。

思えばいつも俺にテストの順位で勝負を仕掛けてくる王寺《おうじ》が、木下もライバルとして挙げていたし、木下の成績が良いことは脳裏に刻み込まれていたのかもしれない。

そんなことを考えながら木下を見下ろすと、何やら俺の返事を恐る恐る待っていて、不安そうだった。

わたしなんか、っていうくらいだし、やっぱり随分自己評価が低いらしい。

「あまり考えてなかったんだけど、たぶん木下なら頼れるかもと思ったんだ」

「……へ？」

「俺もテストで下手は打ちたくないし、間違いそうなとことか相談できたらって。クラスでそういうこと出来そうな人が他にいなかったし……それに木下にとってもマイナスにはならないと——」

俺、今のとこ学年一位だし、と木下のメリットを伝えようとして、ふと言葉を止めた。

「そう……ですか。わたしが……」

そっと自分の胸に手を当てて、呟かれる万感籠った言葉。どんな気持ちで言ったのかを正確に推し量ることはできないが、いくつもの感情が乗っているように聞こえた。

もう一度俺を見上げる彼女の瞳には、少しだけ光が戻っていて。

「期待に添えるかは、わかりませんが」

そう困ったように笑う彼女は、もうこの〝一緒に勉強〟イベントに、特に疑問は持っていないように見えた。

「……がんばらなきゃ」

ぽつりとそう言って、なんだか拳を握っていた。

†

一緒に勉強イベントの開催会場は、複合商業施設の中にあるフードコート。

各駅停車しか止まらない駅で降りて、さらに幹線道路を5分ほど歩くともあって、知り合いの遭遇率も低いので俺個人としてはお気に入りの場所だ。

「そういえば、それも意外でした」

「それっていうと？」

目を向ければ、わずかに距離を取って隣を歩く木下の上目遣い。

「五代さんって、それこそ繁華街でいつもご友人とパーティしているものと」

純朴な瞳から発せられるトンデモイメージ。毎日パーティ？

「そんなことしてたら俺の小遣い三日で消えるな……」

「え、お小遣いなんですか？　その、本当は新宿のホストでナンバーワンしてるとかではなく？　宣伝トラックの横に写真が大きく載ってたりは？」

なんて？？？

いや落ち着けりょだいごうま。違う五代涼真《りょうま》。お前は完璧な男だ、こんなトンチキなイメージのまま居ることなど我慢ならないだろう。

「そんなことしたら親に泣かれるじゃ済まないよ。……というか木下の中の俺のイメージどうなってるんだ？　ホスト？　ナンバーワン？　宣伝トラック？」

「す、すみません。確かに、居ないなあとは思ってたんです……」

「居ないなあってなに、トラックとかビルの上に並んでるホストの看板から俺を探してたってこと？？？」

どういう面白街巡り？？

「いや、あの、ちがくてですね！　知り合いの居ない場所を探して小さな駅で降りたりする人なんだな、っていうのが意外だったんです！」

窮したのか、必死の弁明だった。いや怒ってないけども。

それにしても……意外か。

無干渉を貫く一匹狼《いっぴきおおかみ》はそれはそれで〝欠点〟として見えるから、当たり障《さわ》りのないように周囲とコミュニケーションは取っている。自然に人の輪の中にいるようにもしているけれど……反対に、一人で居る時間も意識して取っているつもりだったから、完全なパリピとして見られているのは少し失態だな。今後の身の振り方を調整しよう。

一人で居るのが珍しいと思われると、それはそれで余計な心配を買ったりするし。

「じゃあ、ここを俺がよく使うことは黙っておいてくれよ？」

そう笑いかける。

「はい。言う相手がいませんから大丈夫です」

俺の笑みが凍り付いた。今すごいさらっと寂しいこと言ったなこの子。なんでそんな、自信満々の顔してるの？　信じてくれていいですよ、みたいな顔してるの？

「……五代《ごだい》さん？」

こてんと首を傾げる木下《きのした》。

「いや、なんでもない。適当に何か飲み物買って、始めようか」

「はい」

自分が何言ったかも気付いていないようだし。

「……フードコートに来るのなんて、何年ぶりだろ」

そんな風に呟いて、あれこれと店を眺めている木下を見て思う。

最近の木下が以前にも増して張り詰めてしまっている原因は分からない。

純粋にうまくいかないことに苛立《いらだ》っているのかもしれないし、別の焦《あせ》る理由があるのかもしれないし、そのあたりは憶測で語るわけにはいかない話だ。

ただ、雑賀《さいか》の言うことが分からない俺ではない。このまま放っておけば、きっとよくないことになる。というより、なんというか。

いつも一人で居るくせに自分の最寄り駅を普通に口にしたり、さらっと孤独であることをなんでもないように口にしたり、フードコートに感動している顔を見ていると。

「うーん、無理」

これを放っておくのは無理。誰も手を差し伸べないならなおさらだ。

干渉することを決めてしまったきっかけの涙声が脳内にリフレインして溜《た》め息。

俺はつくづく、自分の決めたルールを守る意志が弱いみたいだ。

「……」

「……」

飲み物を買って、追加でファーストフード店でポテトを頼んだ。

筆箱とノートを取り出して、向かい合った席で勉強を始めた。

それからというもの、30分くらいは普通に集中していたように思う。図書館よりもうるさく、繁華街の雑踏よりも静かなこのぐらいのバランスが、俺の好み。

きりのいいところで一息つくと、視線に気づいた。顔を上げれば、ペンを握る俺の手を見つめていた、木下の大きな瞳。

険のない素朴な表情だと、やっぱり可愛《かわい》いなこの子。普段、苛立ちや辛《つら》さで細めたり伏せたりしがちな彼女の目は、彼女の印象を大きく変えてしまっているんだろう。

「……どうした？」

「あ、いえ。ごめんなさい。失礼なんですけど……ほんとに勉強するんだなって」

「そりゃ、やらなきゃ成績落ちるからな」

「そうですよね。……そう、ですよね」

自分に言い聞かせるような、木下の呟《つぶや》き。

改めて勉強中の彼女を見ると、まだ中間試験だと言うのに数Ⅱのノートはページが半分を超えていて、ほぼシャーペンでびっしりと数式が刻まれている。

教科書もとても新品とは思えないくらいに開かれた痕があって、白いペンケースもなんだか、黒鉛で薄汚れておしゃれとは程遠い。

如月《きさらぎ》の私物なんかと比べたら一目瞭然だろう。まあ彼女も去年は結構ボロいものを工夫しておしゃれに使っていたが、木下はそっちに気を配るような発想もなさそうだった。

「木下もそう思ってるんじゃないのか？　ちゃんとやらなきゃって」

「それは、はい。頑張らなきゃ、置いていかれると思っています。わたしは人より要領が悪いから、なおさら頑張らなきゃって。……でも、五代さんは違うと思ってましたから」

あー、なるほど。

「勉強しなくても良い成績が取れているものだと思ってた？」

「……ごめんなさい」

その謝罪もまた本音っぽくて、俺に対する誤解が凄《すご》い子だとも分かった。ただ、さっきの謝罪とは違って、少しだけ口元が綻んでいる。

「あなたも頑張っているんだと思ったら、失礼ですけど少しだけほっとしました」

「……ほっとした？」

「あ、いえ、なんでもないです！」

ぶんぶんと首を振る彼女の頬は少し赤い。何が恥ずかしかったのかは、いまいち判断がつかない。

くるくるとペンを回しながら、俺は言った。

「自分が目的のためにする努力くらい……当たり前のことだからな」

ぽつりと零《こぼ》した言葉は、割と本音だった。

人が求めているものを手伝って、逆についていけないと言われ続けて。

誰にも理解されないと思っていても、結局信条は変わらない。俺にとっての当然。

だから、木下からさらっと答えが返ってきた時、思わず顔を上げた。

「わたしもそう思います」

話を俺に合わせている感じもしない。俺と同じ認識のやつが居るとは、と。

ただ、その言葉は徐々に弱弱しくなっていく。

「たとえ今がどれだけけいたらなくても、目指すものに向かってできることから練習して繰り返して、そうしたらいずれ……」

きゅっと自分のシャーペンを握りしめる、彼女の小さな手。

「木下？」

「……いえ、なんでもないです。いずれ届くと思って頑張ってたんですけど」

木下は、諦めたように笑って言った。

「なんだか最近、そもそも頑張ってるものが違うんじゃないかって気がしてるんです。今までの全部、無駄だったんじゃないかなあって」

「成績、ついてこないのか？」

「成績は……どうでしょう。手応えはあったりなかったり。でもそもそも、勉強を頑張ることが合ってるのかどうかも分からなくて……」

「……」

俯《うつむ》いて、零れ落ちた木下の疲れた言葉。

俺が何を返すべきかと考えていると、それより早く木下は首を振った。

「ごめんなさい！　そんなこと言ってたらダメですね。五代さんは、そんなわたしに勉強で頼れることがあるかもって言ってくれたんですから」

無理やりに作った笑顔であることは分かっていても、ここで踏み込むのは空気の読めないバカだ。彼女と俺の関係で俺が何を言ったって、今の彼女には響かない。

だったらむしろ、彼女の空元気に付き合ってでも、やる気になっていることを一緒にやる方がずっといい。

「そっか。そうだな。じゃあ、さっそくちょっと聞きたいんだけど――」

そう言って、ノートの記述を彼女に見せる。

俺だって最初から全てができるわけではない。課せられたものを、完璧に成し遂げるからこそ完璧な男。本番までに出来るよう、それまでは努力を積み重ねるのみ。

「えっとですね、ここは……あれ、ちょっと待ってください。たぶんさっきやったところで……あ、これですこれ、教科書借りますね？　これを引用して――」

俺に問題の解き方を話す彼女は、少なくとも俺が今まで見た中では一番生き生きしていて、友達がいないというのも不自然に映った。

人と話すことが嫌いというわけでは、なさそうだから。

だから、もう18時になると気づいた木下は随分と驚いていたのだろう。

俺にとってもそうだが、楽しいと時間はあっという間だ。

†

フードコートに差し込む日差しが赤く染まり、ノートと視界の間をちらちらと邪魔してくるようになった頃。そろそろ引き上げ時かと、健全な時間に帰路を歩み始めた。

並んで歩く幹線道路沿いの広い歩道に、俺と木下の影が伸びる。

「今日は、ありがとうございました。楽しかったです、ほんとうに」

お世辞が言えるような子じゃないし、本心なのだろうと思って、俺も頷《うなず》いた。

「埋め合わせになったなら、何よりだ」

そう言うと、一瞬木下は固まった。俺もつられて足が止まる。

「木下？」

「あ、いえ。そうですよね、埋め合わせ……」

小さく呟いてから、俺を見て木下は頭を下げた。

「付き合って貰《もら》えて、嬉《うれ》しかったです」

あー……。この、俺が10－0で施してるみたいな言い方……。

「埋め合わせって言い方が悪かったか。別に、嫌々木下に付き合ったわけじゃないんだから、俺が恩に着せたみたいな言い方しないでくれ」

「え、でも……」

「埋め合わせは口実ってことで」

「口実？」

「そ。木下に色々教えて貰うための、みたいな？」

冗談交じりにそう言うと、木下は一瞬あっけに取られたような顔をしてから、俺から目を逸《そ》らした。

「本当に……五代さんは、優しい人ですね。なんでもできて、努力も惜しまず……それでいて、わたしなんかでも楽しく話せる……本当に、羨ましい」

「羨ましい？」

「あっ、えっとその」

独り言だったのかもしれないが、耳が拾ったんだから仕方ない。

「やっぱり口実っていうのやめようか。埋め合わせは埋め合わせだ」

「え？」

「木下はちゃんと風紀委員としてやらなきゃいけないことやってたのに、俺が余計な茶々入れしたからな……なのにテスト対策は俺の方が世話になったから、まともに埋め合わせできてないよな？」

「い、いえ、そんな。だってわたし、こんなに勉強で楽しかったの初めて――」

「まあまあ。そんなわけで今なら何か、俺が木下《きのした》に協力できることならしようかなって」

「ええ……？」

流石《さすが》に少し無茶苦茶だったか？　と内心で思いながらちらりと見れば、脱力した木下が俺を微妙な顔で見つめている。

「協力……と、言われても」

「なんか今まで誰にも話してない悩みとかでも良い。意外と俺は、人の悩み相談に乗ったりもするんだ」

……まあ、完璧にうまくいったかは別として。

「そういえば昨日も、五代《ごだい》さんはそんなことを言っていましたね。何か悩みがあれば、と。……わたし、やっぱり分かりやすいんでしょうか」

俯く木下。分かりやすいかどうかで言えば……どうなんだろうな。

「誰にも言ってない話なら、一つくらい吐き出し先があっても良いと思うよ」

そろそろ木下の中での俺の認識も、急に出てきた変なヤツから、それなりに話をしても良い相手になっていることを願いつつ、軽く言ってみる。

　ここで断られてしまうと、あまりのガードの固さに俺が挫《くじ》けそうになるんだが……存外、今日のことは彼女にとっても俺に少しは心を許してくれる機会になったようだ。

「……五代さんの、ご迷惑でなければ」

「ああもう、全然」

　そう言って笑うと、彼女は何やら、はっとしたような顔をして言った。

「面倒臭くなったら、その場でそう言って貰えれば大丈夫ですので！」

　んな畜生居てたまるか。

「大丈夫。木下が思っているより、俺に手間はかからないから」

「……そう、言って貰えるのなら……」

　少し間が空く。悩むように目を泳がせているのは、言葉の切り出し方を考えているのだろうか。駅への道を殊更ゆっくりと踏み進めながら、木下を待つ。狙っていたわけではないが、のんびり歩けるという意味でも、人の少ない駅を選んで正解だったな。

「──小学校の頃から、まじめだね、って言われてたんです」

　ぽつりと呟かれた独白に、視線を向ける。俯いたままの木下の感情は、自罰的……いや、自嘲と言った方がいいか。

「最初はそれを誉《ほ》め言葉だと思ってました。成績は……それなりでしたし。たぶん、人と比べても悪くはなかった。だから、このまま頑張ろうって、生きてきました」

瞳が揺れていた。潤んでいるのとも違う、道に迷った孤独を思わせるような目。

「自分のやってることが正しいんだと思ってたんです。ちゃんと授業を聞いて、成績を伸ばして、先生に褒められて……みんなわたしみたいだったら良いのにって言ってくれて、それが誇らしくもありました。……でも、ある時、同級生に笑われて」

小学校の記憶が、随分と根強い。単に記憶力が良いだけではなく、きっと衝撃と一緒に刻まれているからだ。

となれば、これは木下のトラウマにも近い話か。

「――先生の言う、みんな木下みたいなら良いのにというのは、先生にとって都合が良い楽な子どもってだけで、お前が優れているわけではない……って」

「なるほど。随分口の達者な子どもが居たんだな」

「その達者な子と違って愚かなわたしは、最初は意味が分からなかったんです。でも、中学生になって、だんだん……」

きゅっと唇をかみしめて、木下は続けた。

「勉強しなくてもわたしより成績のいい子も増えてきて……先生やクラスに迷惑かけてい

るのに慕われている子が増えてきて……誰かがされて困ることをしているのに、それが当たり前のように許されているのを見ていると、何が正しいのか分からなくなって」

それで、と彼女はきゅっとスカートの裾を握りしめて、自嘲の笑みを浮かべて呟《つぶや》いた。

「気づいたら高校生……クラスの邪魔者になってました……」

「そう、か」

……いや重いわ！！

びっくりするくらい重いうえにお前何にも悪くないじゃん！

その口の達者なクソガキを殺そう。そうしよう——と待て待て。

五代涼真《りょうま》は完璧な男。五代涼真は完璧な男。俺の怒りより優先するものがあるだろう。

「で……木下はさ。それでも風紀委員会に入ったんだろ？　それはどうして？」

「向いてるからと言われたんです。他になる人が居なかった、とも言いますけど」

「じゃあ、誘われなければ入ってなかった？」

「……どう、なんでしょう」

ぼんやりと空を見上げて、思案する彼女。

「曲がったことは、嫌いでした。誰かに迷惑をかけるようなことが、特に。小学校の時から、それは変わっていません。だから昔なら自分から入っていたかも……？」

「今は何が違うんだ？」

そう問うと、彼女は小さく頷いた。

「わたしが気に入らないと思っていることは、単にわたしが嫌いなだけで、周りから見たらわたしの方がおかしいのかなって、最近思ってて……だから、自分が取り締まる側になっていいのか自信がなくて、自分から入ったかどうかは分かりません」

だってのに、やるとなったらあんなふうに苛烈にやってしまう、と。

「……迷ってても頑張って活動してんのは、やっぱり風紀委員であるからには風紀委員の仕事をしないと風紀委員会に迷惑がかかるから……とか？」

「そういう気持ちの、はずです。でも……」

ふ、と小さく笑う木下。その笑い方は決して、いいものとは思えない悲しい笑み。

「……わたしが目の前の違反行為を、ただ気に入らないから文句を言っているだけなんじゃないか、って聞かれたら否定できる自信もない……。わたしが間違ってるのかも、って思いながら、わたしが間違っていることを認めたくもないんです」

吐き捨てるように、木下は呟く。

「身勝手な……話です……」

責任感が強くて、真面目で、だから自分にも厳しくて、そのせいでがんじがらめになっている……そんな気がした。

自分が見ていて嫌なものが、目の前にあったとして。それを、自分が嫌なだけで周りは気にしていないから放置した方がいい……なんて普通の人間は考えない。自分の生きてきた中で培《つちか》った価値観で、正しいと思っているものを間違っているかもだなんて疑えない。

思い返すのは彼女が勉強の時に言っていた言葉。頑張ることは当然だと思っていても、努力の方向そのものが間違っていたのではないか、という重い疑問。

長い時間を費やしてきたものを無駄だったと認めるのは、大変なことだ。

五年頑張ってきた競技を、才能がないと割り切って辞めることが難しいように。

「……そのせいで、最近親ともうまくいっていなくて」

「親御さん？」

「できることは、全部やっているつもりでも……学校はどうだとか、色々聞かれて、うまく答えられなくて……自分が嫌になること、ばっかりです」

出てきたな、最近の話。直近の木下の様子がおかしい理由。

「適当に話を合わせる、なんて手段もあるとは思うが」

そう聞くと、木下は緩く首を振った。

「あまり、嘘《うそ》を吐《つ》きたくないんです。お母さんは、一人でずっとわたしを育ててくれて……。って、冷静に考えたらひどいですね、結局お母さんと喧嘩《けんか》してるんだから。だったら確かに、嘘でもわたしを気にしないで良いようにしておく方が正しかったのかもしれません……そんなことも、思いつかなくて……」

「木下は真面目だなあ」

「……そう、ですね。それだけです」

「もっとラフに考えてもいい、と言っても、真面目な木下には難しいと思うけど」

そう言うと、木下の表情が強張《こわば》った。自分の悩みを気楽に構えろと言われたところで、簡単にできるなら苦労しない。その通りだ。でも。

「気に入らないものに気に入らないと言うのは、人間普通のことだよ。それを排除しようとし始めたら、確かにちょっと行き過ぎだけど……でも木下のこれは、ルールの話だ」

「そうでしょうか。わたしは今のわたしが普通だと言われても、素直に喜べません……」

消え入るような言葉。実際そうだ、現状が普通なのでそのまま人生頑張って、だなんて今の木下に告げるようなバカは居ない。

俺は首を振って、努めて明るく振る舞って言った。

「大丈夫だよ、木下。木下が思う正しいことを押し殺す必要はない」

木下が置かれている状況を、俺はどうにかしたいと思った。それがまた、〝やりすぎ〟

で、木下から「もういい」と言われる可能性は、もちろんあるけど。

「……五代さん、それは、どういう」

「まあ、聞いてくれよ」

呆《ほう》けた表情の木下に笑いかける。

「木下は俺のこと、羨ましいって言ったろ？」

瞬間湯沸かし木下。

「えっ、あっ……そ、それは忘れてください！」

「やだ忘れない」

一人で居ることが当たり前になっていても、俺との時間を楽しんでくれたこと。俺に勉強を教えようとする時、本当に楽しそうに見えたこと。この子は寂しがりを通り越して、状況が孤独にさせているだけの普通の子であること。親と喧嘩しただけで、独り傷つくような子であること。

全部忘れない。

「友達作ろう、木下」

「……えっ？」

努力の方向が間違っている。それは残酷だが確かなことだ。

ていうか話聞いてたらもうこれしかないだろ。

あっけに取られた様子の木下《きのした》に続ける。

「俺が保証する。友達増えれば全部解決するから」

「……とも、だち」

おそるおそる木下はスマホを取り出した。LINEの友だちリスト……おい嘘だろお母さんと五代《ごだい》さんしかいねえぞこの女。

「このリストのことですか？」

なんだその純朴なきょとん顔。

「う――んまあそうだな！　たぶん辞書引いたらLINEの友だちリストのことである、とは書いてないと思うが！　似たようなものではあるはずだ！」

「そう……ですか。でもわたし、五年で一人ペースなんです……」

「んなもん今から変えてやる」

そう言うと、弾《はじ》かれたように顔を上げる木下。

俺は努めて軽く、笑いながら今後の目標を定めた。

「友達と一緒にテスト勉強なんて、珍しくもなんともないことにしよう」

その時の呆然《ぼうぜん》とした木下の顔が、なんとも忘れがたいくらいには面白かった。

魔法

その日の夜、俺はいつものように泣きじゃくる母さんを振り払って日課のランニングと筋トレに出かけていた。途中にある公園の遊具は、金をかけずに色んなトレーニングが出来てありがたいものだ。

と、ベンチに置いてあるスマートフォンがチカチカ光っていることに気が付く。

木下にドン引きしておいてアレだが、俺もLINEの友だちリストは多くない。

それにこの時間の大概の通知は母さんからの『今なにしてるの』『ひま』『ゲーム準備してるね』『まだ帰ってこないの』『さびしい』『誘拐された?』とかなので基本無視。

だから通知に気が付いたところで普段はスルーするんだが、光っている色が不在着信を示すものだった。

首にかけたタオルで汗を拭いながらスマートフォンを開くと、留守電も入っていなければLINEで追加メッセージが来ているわけでもない本当にただの不在着信。

如月《きさらぎ》からだ。なら雑談だとは思いつつ……こういうケースこそ本当に緊急の可能性だってある。誘拐を不安がる母さんのLINEが無駄に頭をよぎったこともあり、かけ直した。

『……ん』

「大丈夫か？」

『え、なにが？』

……どうやら杞憂《きゆう》だったようだ。

「いや、なんでもない。不在着信があったが、何か用事か？」

『うん』

まあ、緊急性が無いなら良い。スピーカーフォンに切り替えて、ベンチで腹筋しながら通話を続けることにした。

『今、なにしてる？』

「筋トレ」

『へー。上裸だったりするの？』

くすくすと、からかうような吐息をマイクが拾っている。

「公園でそんなことできるか」

『筋トレって家でもやれるくない？』

「狭いアパートだからな。それに、ランニングの途中にある公園に筋トレ用の遊具が揃《そろ》っているから、都合が良いんだ」

『かっこいいことしてるのね。部活もやってないんだし、鍛えてる意味なんてある？』

「あると言えばあるし、ないと言えばない。俺が何かをする時に、体力はあればあるほど良いと思っているからやってるだけだ。毎日やることに意味があるものは、長く続ければ続けるほど効果が上がる」

まあ、筋トレを毎日、っていうと語弊があるが。今日は腹筋と懸垂の日、明日《あした》は腕立てとかの日、次は丸一日お休みの日、みたいに分けている。その方が効率が良いんだ。

『ねえ涼真《りょうま》、なんか筋トレ中っぽい吐息入っててウケるんだけど』

「腹筋中に着信よこしたお前のせいだ」

『そうかしら。……そうかも。ふふっ』

お前の方もガンガン拾ってるけどな、音。

何かのページを捲《めく》る音から推測して、テストの準備だろうか。

いくら如月でも、一週間前ともなれば対策の一つくらいするだろうし。

『涼真、テストって何点取れれば良いと思う？』

「自分の目標点」

『うわ即答だし。てかそれなら赤点回避できればいいんだけど。意識低すぎ？』

「別に構わないいんじゃないか。如月にとっての勉強の価値は、他の人間とは違う」

『ま、そうね！　なんたってもう、一人で生きていけますし？』

「そうだな」

百万以上のフォロワーを抱え、一挙手一投足が経済効果をもたらすような存在になっているのだ。テストの点数など、今更些細《ささい》な話だろう。

……ただ、そんな話は如月にとっても分かり切ったことのはずだが。なんで今そんな話をするのだろう。そもそも用事は？

『……羨ましい？』

「なんでそうなる。如月の成し遂げたことには敬意はあるが、俺には俺のやり方があるんだ。それに、お前に嫉妬とか、アホだろ」

羨ましいもなにも、如月が自分を活《い》かして一人で生きていきたいという目標を立てたのに対して、ＳＮＳを用いた作戦を考えたのはほかならぬ俺だ。

それが今の如月を見て羨ましく思うなど、滑稽以外のなんでもない。

『一人で生きてけるようにって、涼真は言ってたじゃん。実際あたしの親サイアクだったし、弁護士通してもう二度と会わないようにしてるけど』

「ああ」

『でも……別にあたし、独りで生きていきたいわけじゃないんだからね』

「ん？　ああ。自分の人生を一人で完璧に出来れば、周りの誰にも振り回されたりはしない。そのうえで友達や知り合いが多いのは良いことだと思うが」

『そういうことじゃないんですけど……』

でかい溜《た》め息がまた、マイクに拾われて公園にまでやってきた。

『あたしはただ、あんたが』

「俺が？」

『……一人寂しい生活するくらいなら、まあちょっとは考えてあげてもいいかなって？ほら、あたしは一人でもう生きていけるし？　あんたの分の余裕くらいあるし？』

「あいにくと俺は如月に集《たか》ろうとするほど人として終わった覚えはない」

『そんな言い方しなくても良いじゃない！』

「なんで怒るんだよ……お前、あんまり誰彼構わずそんな誘いするなよ。いくら今余裕があるからってこれからも同じとは――」

『誰彼構わないわけないじゃん腹筋割れて死ね！！！』

ぶつっと通話が切れた。

腹筋が割れて死ぬってなんだ、物理的にぱかっと割れるってことか。……というかそもそも、あいつ衝動的に通話切ったっぽいが、結局用件に入る前の雑談で終わったな。

仕方がないのでかけ直す。ミファドミファレファソレ――出た。早いな。

『謝れ』

「悪かった。だがむやみな優しさは身を滅ぼすからな、俺の父親のように」

『……』

また切れた。もう一回。今度はミファドミファレファソレミファのミすら言わずに出た。

『謝れ』

「悪かった。一人で生きていくついでに俺のことまで考えてくれる余裕には恐れ入った。だが俺も如月に頼って生きるのは完璧とは言えないので断る」

『………いつまで粘るの』

「粘るって言い方おかしいだろ。ある程度の金銭を得て、それを元手に俺が自らの人生に合格点を与えるまでだ」

『じゃあ三年以内に出来なかったら妥協する？』

「しねえよ、ていうかリミット短いなおい」

『…………はぁ』

面倒臭そうな溜め息だな。

『もういい、寝る』

「ゆっくり休めよ。……あと俺に連絡する時は不在着信だけ残すな。なんかあったのかと普通に心配する。用件があるならLINEでもなんでも入れて――」
そう言っているとまたしてもぶつっと切れた。あの女。
かけ直そうとして一瞬迷う。もう寝るつもりなら、次会った時に言えばいいかと。
そう思っていると、ぴこんとLINEの通知。相手はAiri。如月亜衣梨《あいり》。

Airi　：毎回心配して掛け直せばーか

……この文言。最初の不在着信含めて全部わざとかよ。
起きているようなので送るだけ送る。

五代涼真：結局用事はなんだったんだ
Airi　：涼真ここで言ったらLINEで済ますじゃん
五代涼真：直接話すような大事な用件ならそんなことはしない
Airi　：声

……声？

Airi ：聞きたかっただけ

五代涼真：用件が、か？

Airi ：腹筋割れて死ね

だから死なねえよ。と思っていると、しばらくして追いLINEが届いた。

Airi ：寝る。涼真もとっとと帰って寝ること

心配してるのはどっちなんだか。溜め息をついて、筋トレを終えた。

「さて、と……」

ベンチに置いてあるスマートフォンの横には、俺の鞄《かばん》。外出筋トレはランニングを兼ねていることも相まって、普段は持ってこない荷物。タオルで汗を拭ってから鞄を開くと、携帯ランタンと教科書とノートが入っていた。

母さんが寝ている隣で、夜遅くまで明かり付けて勉強するのも気が引ける。かといって、深夜までやっている店に入るような金も勿体《もったい》ない。

というわけで、公園の椅子と机でテスト勉強である。受験の冬に発明した勉強スポット。最大のデメリットは非常に虫が鬱陶しいことで、本当は冬以外やりたくないんだが、今回の試験だけは気合を入れて臨む必要があった。

「……やるか。お前ら、せめて邪魔すんなよな」

はやくもランタンにつられてやってきた蛾《が》を睨《にら》みながら、俺はテスト勉強を開始した。

これから二週間は、少なくともこの生活を続けねばならないが……。

――気づいたら高校生……クラスの邪魔者になってました……。

あの諦めきった寂しそうな顔を、どうにかすると決めたのだ。

五代涼真は完璧な男。決めてしまった以上は完璧にこなす。これは白鳥のバタ足だ。

たとえ今回の手助けはほどほどに収める心積もりであったとしても、そのステップ一つ一つで手を抜くのは完璧とは違うだろ。

†

試験明けの解放感というものは、やはりというべきかクラス全体を満たすようだ。

弛緩《しかん》した空気は心地よい疲労と達成感をはらんでいて、みなが口々に互いを労《いたわ》っている。ある種の祭りのようなもので、数日はその空気が続く。

あれから木下《きのした》とは連絡を取ったり取らなかったり。友達を作るとはいったものの、もう二年の五月ともあってタイミングが難しい。

だから俺は、この試験明けまでゆっくり待つことにしていた。

何をと言えば、とある人物の到来だ。彼は俺を目の敵にしていて、定期考査の結果が出る度に俺の教室に殴り込んでくる。

そろそろ来る頃だ。

「五代！！！！！！」

相変わらず声がデカいな……。彼はいつも俺と点数を競っている男子で、名を王寺《おうじ》という。俺をライバルと呼び、声がデカい。いつもは鬱陶しいんだが、今回ばかりは有難《ありがた》い。

「全教科満点というのは誠か！！！？？？」

「ああ」

「くっ……うっ、あぅ……！！」

泣くな泣くな。男泣きするな。

「俺は自己ベストを叩《たた》き出した！！　９科８８２点だ！！　今度こそ勝利したと思った！　だがやはり、俺に立ちはだかるのはライバルの貴様なのだな、五代！！！」

あぶな。今回だけは負けられなかったんだが。

動揺を表に出さないよう一呼吸入れて、いつも通りに言葉を返す。

「そうか。期末でまた」

「っっっっ！！　それでこそ我がライバル！！！　次こそは、次こそは負けん！！」

だっと廊下を駆けていった。

「……はっ。ろ、廊下を走ってはいけません！」

流石《さすが》の木下も王寺の登場には一瞬呆気《あっけ》に取られていたようである。

まったく、人の点数バラすなこんなところで……。と、普段は思っているんだが。

「はへー……五代くんー。全教科満点なんてすごいねー」

隣の席から、優しい声色。このぽわぽわした印象の少女――立川《たちかわ》は、クラスでの俺の隣人にして、今日のターゲットでもあった。

ターゲット、というのがどういうことかと言えば。

「ああ。今回は結構頑張ったし、ヤマもたくさん当たったんだ」

そう微笑《ほほえ》みかけてから、指を一つ立てる。

「あと、もう一つ実は、助かった事情があってね」

立川は緩く首を傾《かし》げ、彼女の仲の良い女子グループが集まってきた。

「？　なにかあったの？」

「あー、五代くんとお話してるー」

「全教科満点とか、ちょっと凄《すご》い通り越してキモいぞ五代くーん」

キモい……。いや、傷ついている場合じゃなかった。

「今回少し、苦手な教科を木下に教えて貰《もら》ってさ。助かったんだ」

「えっ、木下さんって……あの木下さん？」

「あの人、勉強とか教えてくれる人なんだー……」

「五代くんだから教えてくれたとかじゃなくてー？」

木下の認識は、やはりこういう感じか。常に周囲に壁を作っているように見えている。

だとすれば、このグループの子たちに話すので正解だ。

「教え方もうまかったし、聞いてくれるなら誰でも、って言ってたよ」

「へー！」

顔を見合わせる彼女たち。

と、そこで王寺を注意しに行っていた木下が教室に戻ってきた。

俺をキモいとか言った、アグレッシブな子が一番に駆けていく。

「木下さーん！」

「えっ、あ、は、はい」

「勉強教えて！」

「えっ……」

「やっぱり五代くんだけ？」

「い、いえそんなことは……というか、五代さんのことをどうして……」

ちらりと木下がこちらを見ると同時、もう二人いた女子も木下の方へ向かっていって。

「あ、あの、良かったら私もいいかな……？」

「五代くんに教えるくらい頭いいとは思わなかったー」

「えっ？　えっ？」

急に好意的に話しかけられたせいか、めちゃくちゃテンパっている木下が少し面白くて笑ってしまう。おめめぐるぐる、って言葉が似合いそうだ。

……うまくいくといいな。

俺が穏やかな心持ちで居ると、ふと影が差した。

「ふーん……あたしが居ない間に、随分人間関係が変わってるじゃない」

顔を上げれば、難しい顔で腕組みしている如月《きさらぎ》。そうか、今日は登校してきてたな。

「ん？　ああ。今から変わるとこじゃないか？」

改めて木下を見やれば、囲まれてあれやこれやと矢継ぎ早に質問をぶつけられている。

俺が調べたところ、あの面々は比較的穏やかな気質で性格も良いし、木下がパシリの如《ごと》き扱いを受けることもないはず。早くも木下の表情が自然なものに変わってきているところを見ると、俺の目論見《もくろみ》は少なくともすでに一定の成功と言っていい。

「ふっ……」

思わず笑みが零《こぼ》れた。と、何が不満なのか面白くなさそうな如月の声。

「ふ――――ん？？？」

「どうした？」

如月が不機嫌な時によくやる、むすっとした顔。拳を握りしめている。

かと思えば急に笑顔になった。しかもなんか、攻撃的なやつ。

「ねえ涼真《りょうま》」

「あたしのこと見てる方が楽しいと思う。可愛《かわい》いし」

は？　なに？

後ろ手を組んだ如月が腰を曲げて、ぐっと顔を俺に近づける。

岬で白ワンピの少女がやりそうな、美少女にしか許されないポーズ。

「ほら、誰もが振り向くさいきょーの美少女。人呼んでカリスマシンデレラAiriが、あなたのためだけに笑顔をプレゼントキャンペーン。えへっ」

……。……つぶな見惚《みと》れるとこだった。なんだこいつ突然可愛いことして。

俺の完璧が崩れるだろ。

確かに如月は、こんなに強気で女らしい魅力に溢《あふ》れているのに、こういう無垢《むく》というか無邪気な笑顔がよく似合うやつだったけども。

女に魅了されて鼻の下を伸ばすのは完璧な男のやることじゃないんだよ。

なんとかアホ面《づら》にならないようにこっそり舌を噛《か》んで耐えながら別の話題を探した。

それとなく視線を巡らせれば、視界に舞い戻る癒《いや》し系あわあわ木下。

「木下、頑張ってるな」

「ぬゎんでそうなるのよ！！！！」

机バァン！！

「おかしくない⁉　今完全にあたしと涼真の空間だったでしょ⁉　だけだったでしょ⁉」

誰きゅうに、知らないやつの名前出さないでくれる⁉」

「知らないわけあるかよ、後ろの席だろ」

「知らない知らない知らない！」

いや、知らなくないだろ。というか、できれば如月にも木下と仲良くしてほしいんだけど。あとあと楽、っていうと打算が過ぎる気もするが……境遇的に共感できると思うんだけどな。如月も、去年はだいぶ逆境に晒《さら》されてたわけだし。

「……ちきしょー、なんで顔色一つ変わんないのよ、こちとらAiriだぞぅ、ちきしょー」

俺の顔色変えに来てたのかよ、こっわ。女子に見惚れるなんて、俺の完璧を傷つける最大級の爆弾なんだが？？？　お前、俺の主義も目的も分かってるはずだよな？？？

と、俺がさっきのやたら可愛い如月を思い出して戦々恐々としていると。

「よぉ亜衣梨《あいり》、このあと暇かよ？」

ひょっこり現れたのは雑賀《さいか》だった。ナチュラルに髪をかき上げる姿は堂に入っていて、流石はクラスのオピニオンリーダーといったところか。

と、亜衣梨は首を傾げた。

「え、涼真とデートだけど」

お前しれっとなに言ってんの？

「勝手に俺の予定決めないでくれないか？」

「イヤ。ムカつくし。今日帰ったらあたし三日後まで登校できないし。その間あたしに嫌な気分で過ごせってこと？　完璧な五代《ごだい》涼真が？」

「どういう理屈だよ……」

助けを求めるように雑賀を見れば、雑賀は雑賀でなんだか微妙な顔をしていた。頰の裏を舌で突きながら、よそ見している。

「あー、なんか涼真忙しいらしいぜ？　オレで妥協しない？」

斬新なナンパだなおい。

そんな雑賀の誘いを受けた亜衣梨は亜衣梨で、目を瞬《しばたた》かせてから吹き出した。

「あはは、なんそれ。尚道《なおみち》もずいぶん面白くなったのね」

「まー、ユーモアセンスは磨いたな？　どう？　オレと来ない？」

「悪くはないけど、残念。あたし、妥協はできないタチだから」

「……ま、そうか。そうだな」

ウィンクとともに振られる雑賀は、あっけらかんと両手を頭の後ろにやった。

「ほら行くわよ涼真」

「楽しんでこいよ、涼真」

「なんでそうなるんだ」

今更になって俺と一緒に出掛けようとする辺り、如月が何を考えているのかもよく分からないし……雑賀は雑賀でどういうメンタルなんだこれ。怖ぇよ。

そんなことをぐだぐだ考えていると、如月が俺の腕を引いて教室の外へ引っ張る。

……まあ、予定があるわけではないけれど。

「——やっぱり如月さんと五代くんって付き合ってるのかな」

「——お似合いだよねえ、あの二人」

「——ていうか、あのAiriと並べるのなんて五代くんくらいじゃないの？」

なんか色々邪推されてるし、こういうのは如月にとってマイナスにしかならないと思うんだがな——と思っていたら、教室を出る間際《まぎわ》に女子に囲まれている木下《きのした》と目が合った。

「ぁ……五代さん——」

なんだか縋《すが》るような目のような気もしたが、ここは千尋の谷に突き落としてでも友人との絆《きずな》を深めてもらうフェーズである。

当初の目的通り友達作りがうまくいくことを願ってサムズアップだけしておいた。

……如月、力が強い。

†

「はー、息抜きって大事ね！！」

調布駅。特急も止まる市の中心街が、俺たちの学校の最寄り駅だ。

駅前の百貨店の中を堂々と歩きながら、如月は満足そうに伸びをする。

制服の上からでも分かるプロポーションの良さが、より際立つ動きだ。

こいつはこのまま銅を流し込んで像にした方が人々の幸せが増す気がする。

「あんたは最近息抜きしてる?」

くるっと振り返って、なんの感情も乗せないさらっとした問い。

息抜きか。あまり考えたことはなかったが。

「一度緩めると戻らない気がするから、あまり考えてないかな」

「相変わらず不健全ね。趣味の一つでも持ちなさいよ。というかインスタ更新しろ」

「気の向いた時に写真を上げるツールだろ。義務でやるもんじゃない」

「だとしても月一更新ってなによ。雑誌か」

「需要のないところに労力つぎ込んでも仕方ないだろ、読者一名だし」

「あんたの需要なんて一名で十分よ」

「斬新な悪口だな……」

一名さんがなんか言ってる。とはいっても、インフルエンサーAiriのアカウントが俺をフォローしているわけではないが。

なんか、「あ」とかいうアカウントだ。「ご」を「あ」がフォローしてる。

如月の別アカウント。

「あの『あ』とかいうアカウント、口うるさいんだよなあ。催促してくるし」

コメントがだいたい文句である。

「仕方ないでしょ。ほんと思いつきみたいな写真ばっかりなんだから。急にナメクジとか上げないでくれる？　スタジオで悲鳴上げたんですけど」

「紫陽花《あじさい》と雨とナメクジは相性抜群だと思ったんだが」

「まだ五月なの！　というか、あたしが見るの分かってるでしょ！」

「自由に撮って上げろって言ったのお前だろ……というか、スタジオで見るなよ」

「あんな時間に上げるあんたが悪い」

「インスタの通知切っておけよ……ただでさえばかみたいに通知ありそうなのに」

「Airiの方の通知は全部切ってるわよ」

ん？　……は？

「じゃあなにか？　インスタの通知＝俺の写真の通知ってこと？」

「……」

あ、そっぽ向いた。

「道理で爆速いいねが付くわけだ。写真家で食ってこうかな」

「思い上がるな！！！！」

叫ぶ如月《きさらぎ》。周囲の注目。「あれAiri⁉」とかいう声。向けられるスマートフォン。おいおい無許可か。チンピラ風の兄ちゃんに声をかける。

「写真撮るなら一言くらい許可取ったらどうだ？」

「へっ？　あ、ご、ごめんなさい！！　一枚良いですか⁉」

「……え、ええ」

なんか撮影会が始まってしまった。これはこれで迷惑だな……。

何人かと一緒に写真を撮った如月が戻ってきて、なんだか妙な顔。

「どうした、写真映りに不満でもあったか？」

「そんなことはないけど……。勝手に撮られるくらい当たり前になってたから」

「ん？　ああ、余計なことした？」

「んーん。……なんかむしろごめん、目立って」

「別に俺は今更だが」

Airiの活動当初は色々付き合っていたのだし。

もう十分一人でやっていけるってなって、離れただけだ。

「ねえ、涼真。最近、なにしてる？」

俺を見上げる如月が、そっと自分の唇を撫《な》でながら、思案するように言った。

「いつも通りだが」

「あたしの知ってるいつも通りは、あたしのパシリよ」

「せめてカメラマンと言え。別に、その前と変わらないんじゃないかな」

「……そ」

「如月？」

何が言いたいのかと眉を寄せると、如月は小さく首を振った。

「べっつに。あたしが居ない時のあんたを、なーんにも知らないなと思ってるだけ」

「……誰だってそうじゃないか？」

「そうだけど、それじゃ嫌な時もあるの。あんたには分からないだろうけど」

そう言って、ちろっと舌を出した如月は笑った。

「おなかすいたわ。パンケーキ食べたい」

この自由っぷり。

「お前は変わらず、俺の知ってる〝いつも通り〟だよ」

「そうね。あんたの前では、変わってないわ」

そう言って、如月は隣に並んで歩きだした。

柔らかくなったみなみちゃん

今日の弁当は小さなおにぎりそれぞれが兎《うさぎ》さん、狸《たぬき》さん、猫さんだった。

最近動物系の動画を見るのにはまっていると言っていたから、その影響か。

ネットよりもテレビ派だったはずだが、いつの間に。時の流れというやつかな。

「はぁ……まあ良いけども」

弁当のことを考えると現実逃避がしたくなる。

昼休みが終わる前に教室に戻ってくると、相変わらずの賑《にぎ》わい。

俺はいつも通り普通に席に着こうとして、ふと一つの変化に気が付いた。

「お、お休みの日ですか？　えっと……わたしは普段……あれ、なにをしてましたっけ」

そのグループの一つと、たどたどしく言葉を交わす木下の姿。

ぎこちないが笑みもあって、穏やかな気質のグループだからか温かく迎えられているようにも見えた。会話内容には不安しかないけどな。

……当たり前の話だが、友達を作るったって先生含めた外圧の「仲良くしてあげてね」が通るのは幼稚園までだ。結局のところ人間関係というのは需要と供給で、木下の需要がありそうなところに、俺の成績向上という宣伝で放り込んだだけ。

その成績向上という宣伝文句を作るのが正直一番大変ではあったが、結果を見てほっとした。あとは友達関係を良好に続けられるようにしたら——。

と、木下の今後について考えていると、俺の前に差す影。

見上げれば木下本人。話は済んだのだろうか。そう思ってちらりと先ほどまで木下が居た場所を見れば、歓談の真っ最中。

「五代《ごだい》さん」

「ん、どうかした？　会話の途中じゃなかったか？」

「あ、いえその……ちょっと」

目を逸《そ》らす木下。ああ、トイレか。これは完璧ポイントマイナスだな。失礼。

「もうすぐ昼休みも終わるしね」

「はい……えっと、それで」

行くなら早めに行った方が、と、もじもじしている木下を見て思う。

と、彼女は何か覚悟でも決めたような顔で俺を見つめて、言った。

「と、友達ができましたっ……！」

小声なのは彼女らに聞こえないように、だろうか。照れくさいらしい。

どうやら顔が赤いのは、トイレではなくこっちが原因か。ぎゅっと自分の身体《からだ》をかき抱くようにして、無理やり振り絞った声。どれだけ勇気のいる宣言なのか。

「ん、良かった。きっと、それが木下の悩みを少し和らげてくれると思う」

「そう、なんですか……？　まだ、そこは実感がなくて」

「すぐに分かるよ」

そう言うと、あまり理解は出来てなさそうな顔で頷《うなず》くだけ頷く木下。

「トイレ行かないと危ないんじゃない？」

「あ、危ないってどういうことですか！　もう！」

瞬間湯沸かし木下。

「え、だからつまり――」

「行ってきますから！」

だっと駆けていく木下を見送って、少し俺の頬も緩んだ。

頑張れ、と思う。

出来ることは、したはずだ。そのうえで、わざわざお礼まで言ってくれた。

こんなに嬉《うれ》しいことはない。気になることが無いではないが、ここで手を引けたらある種、俺にとっても貴重な成功例ではなかろうか。

具体的には、俺が誰かに余計なお世話を働いても、俺が傷つかなかったという意味で。

「よう、涼真《りょうま》。木下《きのした》チャンに何言ったんだ？」

と、今度は雑賀《さいか》だ。来客の多い日だな。木下が出ていった方を眺めて呟《つぶや》く雑賀は、木下が落ち着いた理由を知りたいとかそんなところだろう。

「素直に話せる友達を作ろうって言ったよ」

そう言うと雑賀は驚いたような顔をして、それからニヤッと口角を上げた。

「涼真にも居ないのに？」

はは、確かに。俺にも居ないな、友人。

「だからなんだ？　雑賀も友だち居ないだろ？」

「それなー」

雑賀は自分の仲間に聞かれないように小声で笑った。そうだよな、俺も独りだが、お前も決して他人に気を許さないヤツだよ。

でも、木下は違う。寂しがってた。

ひらひら手を振って去っていく雑賀を見届け、次の授業までの時間をのんびり過ごす。

そう思っていたんだが、またここで一つ騒ぎが起きたらしかった。

「ですから人の席を使うようなことは、揉《も》め事の原因になると言っているんです！」

木下がキレていた。さっきまでの照れた表情はどこへやら、いつも通りといえばいつも通りの風紀委員さまの剣幕。

様子を見ると、また前回同様の女子グループと河野《こうの》たち。

木下の肩を持つわけではないが、どうして学習しないんだろうな。

俺は立ち上がり、木下の近く――教室の廊下側後方へ。

「木下」

「あ、五代さん……すみません、でもやっぱりわたし、見てられなくて」

その謝罪は結局、〝人のためと言いつつ自分の癇癪《かんしゃく》にすぎないんじゃないか〟という自問自答に答えが出ていないまま、こうして注意を行うことへのものか。

とはいえ別に、我慢ならないことに我慢ならないと口にすることを、俺は否定したつもりもない。悩みとして抱えるのは、分かるけれど。

「まあでも、再三のことなんだろ？」

そう問えば、木下だけでなく女子グループもバツが悪そうに眼《め》を逸らした。

「あ、あー。涼真くん、木下さん寄り？」

「寄りというかなんというか。まあ木下にも少し歩み寄るようには言ってるんだけど」

「ふぐっ……」

胸を押さえて呻《うめ》く木下。

ただ、きっと木下のそんな様子を見せたことが良かったんだろう。

「……へえ。分かったごめん。木下さんも」

「……え？」

木下は、信じられない言葉を聞いたとばかりに顔を上げた。女子の方は、俺と木下を交互に見て、困ったように笑った。

「や、あたしらも気を付けまーす。木下さんも涼真くんには勝てないみたいだし？」

「戦うつもりはないが、意外と大型犬より小型犬のが怖くないか？」

「たしかにー。えっと、河野くんもごめんねー」

けらけらと笑いながら、彼女らは自分たちの席に戻っていく。

まだ状況が飲み込めていない様子の木下に、今度は河野が歩み出て言った。

「えっと……ありがとう木下。あと五代も」

「ああ。あと河野、『異世界に転生したけどスローライフで無双します』面白かった」

「だ、だろ⁉　あれのヒロインは他の異世界ものとは違って――って、あんまりこういうところで言うな感想を！　木下さんだっているし！」

「ん？　あ、悪い」

この前薦められたアニメの感想を言い忘れていたので、ついでにと口にする。

やはり河野のセレクションにはずれは無い。あたりはずれの激しい業界だと聞くから、河野に上澄みばかりを貰《もら》ってしまっているのは少し申し訳ない気もしているが……河野はそういうの気にしないからな。……と？

「──木下？」

「ふぇ……？　あ、は、はい」

なんだかぼーっとしていた様子の木下に問えば、彼女は慌てたように振り向いた。

「どうした？」

「あ、ああいえ……えっと、その。なんだか……初めての経験で」

初めて……と言われてなんのことか考えた。

おそらく、木下の意見が通り、こうして遺恨なく場を終えたことが、だろうか。

女子グループにだってプライドがある。彼女らのしていることが間違っているとはいえ、それを正論で叩《たた》きつけられて素直に頷けるほど精神は大人じゃない。

ある程度自分の心を守りつつ、落としどころを探るのが彼らの人間関係だ。

河野だって、今後のことを考えたら女子グループを敵には回したくないのだろう。

一人ででもどうとでもなるよう努力している俺とは別。彼らは人間関係を円滑にする方に努力している。

「韓非子《かんぴし》って本……本？　に、こういう話があるんだ」

「へ……？」

「ある国の王様がやってることがあまり良くなくて、それを見かねた賢者が城に来た、って話。だけど賢者はそのまま王様に説教するんじゃなくて、料理人になったんだ」

「え、料理人……？　どうして……？」

「美味《おい》しいごはんが作れる王様のマイフレンド、みたいな状態になって初めて賢者は王様に『こうした方が良いんじゃない？』ってアドバイスした。結果、国はうまくいった」

「……それ、って」

　そのエピソードの意味を理解したようで、木下が顔を上げる。俺は笑って続けた。

「あの女子たちは、俺の友達の木下が言うなら、って感じだっただろ？」

　要は何が言いたいエピソードかと言うと、人間は感情の生き物で、その意見が正しいか正しくないかではなく、どこの誰が言ったかで判断しがち、という話。

「河野も、女子に睨《にら》まれないなら素直に嬉しい。だからお礼言ってくれたんだろ？」

「そういう真面目な分析すんなよ……おれ弱ぇー……」

　がっかりしている河野の肩を叩いて励ましながら、木下に振り返る。

「まあそんなわけで。友達作ろうってのは、そんな感じ」

そう言ったと同時、先ほどまで木下と話していた立川《たちかわ》たちが木下を呼ぶ声が響く。

木下は、小さく「ぁ」と声を漏らして。

「なんだか……どんどん、世界が変わってく……」

ぽつりと呟く彼女に笑った。

「五年に一人ペースはもう終わりだ」

「は、はいっ」

ぱたた、と元のグループの方に向かう木下は、数歩進むごとにちら、ちら、と何度か振り返って、それから輪の中に戻っていった。

「……おれ今、木下さんに『お父さんと別れるのがつらいけど遠足に行く小学生』みたいなのが重なったんだけど気のせい？」

「はは、河野は小学生の時そんな感じだったのか？」

「違《ちげ》ぇよやめろよ！！」

†

「なにか……できることはありませんか？」

正面から俺を見つめる木下の目は、奉仕の言葉とは裏腹におねだり上手な子に見えた。

血色も少し戻ってきていて、頰がチークを入れたようにほんのり赤い。

ひょっとしたらこのくらいの顔色が木下本来のものなのかもしれない。そう考えると、
ここ数週間の日々は決して無駄ではなかったということだ。

「できることと言っても……今その真っ最中だが」

フードコートで勉強中。

誰かと一緒だと進まない、という人もいるが、木下はそうした例に当てはまらない。

途中で集中が切れてグダることもないし、雑談もさっと切り上げる意志の強さがある。

何よりそういう努力家が前に居ると、こちらも身が引き締まるというものだ。

「そ、そういうことではなく！」

ふむ、どういうことだろうかと思って木下を見ると、なにやら面白い動きをしていた。

えっと、とか。こう、とか。なんか手でろくろを回したかと思えば頭を抱えたり。

「面白いな、木下」

「ばかにされてませんか⁉」

うがー、とばかりに顔を上げる木下。なんだか、表情も豊かになってきた。

「……わたし、本当に感謝してるんです」

「なんで心当たりがない顔なんですか⁉　嘘《うそ》でしょう⁉」

「……感謝、か」

「心当たりがないとまでは言わないが」

ただ、お礼を言われるなんていつぶりだろうと思っただけ。

そもそも人におせっかいを焼くことが久しぶりだから、それはそうか。

お礼を言われること自体はあった。ただ、それが長続きしないだけで。

「まあでも、順調そうならよかった」

「はい。……本当に。気持ちに嘘を吐かなくても、押し殺さなくてもいい。ただ、そのために必要なものが足りなかっただけなんだって、気づかせて貰って」

「そこまで重く受け止めなくても良いんだが」

「受け止めますよ。これまで生きてきて、初めて知った気持ちですから……」

儚《はかな》げな笑みだった。

昔できたことができなくなったのではなく、体験するまで知らなかったもの。

少し納得した。立ったことのない場所に今、木下が立っているというのなら。

「で、だから！　なにかできることはありませんか！」

照れくさくなったのか、わたわたとそう切り出した。

「要はそれを恩に感じてるから、何か返させてくれってことなのか」

「はい、そうです！　してもらったことになんの対価も払えないなんて……流石《さすが》に人としてどうかと思いますし」

「真面目だなあ……」

「はい、まじめです。まじめなだけです」

とはいっても、してもらうことは特にない。

というか、誰かに何かをしてもらわなければ生きていけないなど、完璧な人生ではないからだ。だからこそ、必要なことは自分でやる。してもらうことには対価を払う。

俺が先に与えたのだというのなら、それに要求する対価は無いのだ。

要求するよりも先に、余計なことだと手を払われてきたわけだし。

「なので、なんでも言ってください」

「なんでも良いのか？」

「はい、なんでも！」

そういう、なんでもとか言っちゃうとこ凄《すご》く不安なんだが。ふんふんと頷《うなず》く木下《きのした》は、俺から出る言葉をクイズの結果発表かなにかのように待っている。

とはいえ……うーん。じゃあ。

「健やかに生きてほしい……？」

「ふへ？」

「心身ともに満ち足りて健康に末永く幸せを」

「それがどうして五代《ごだい》さんへの対価になるんですか？？？？」

首がねじ切れそうなくらい傾《かし》いでいた。

ついでに瞳から光が消えていた。出会った時の本屋のようだ。

「まじめに言ってください！」

「まじめ担当は木下だろ」

「担当とかないですから！　人類みんなまじめに生きてください！」

「大きな野望だな……」

とはいえ、実際クラスで起こりうる問題を未然に防ぐためのこの木下との交流だし……

末永く心身ともに健康に生きてくれれば解決する話なんだが。

「逆に聞こう、木下」

「なんですか？」

「なんでもって言うが、金銭や物品を対価にするのは違うと思うんだ」

「……わたしにできることであればとは思いますが……そんな大金払えませんし」

「していただいたこと考えたら幾らお支払いすればいいのかなんてわかりません……」

「まじめだなあ」

というわけで。

「木下は、たとえば何をしてくれるんだ？」

「た、たとえばですか⁉」

木下のプライベートのことは全く知らないし、ちょうどいいから聞いてみよう。

「はい、木下みなみさん。得意なことはなんですか？」

「えっ、えっ？　えっと……べ、勉強……」

自分で言って自分で頭抱えてるこの子。

「うわー……」

「うわーとか言わないでくださいよ！　た、体育も決して悪いわけではないですよ！　美術もその……合格点はもらえてますし！」

なんか成績の話ばっかりだな。

「学校の成績関係ないところではどうなんだ？」

「成績と関係ないところ……？」

「大金前提かよ」

宇宙を見つめる猫みたいな顔しだしたぞ。

「それこそ、休日とか何やってるんだ？　まさか勉強だけってこともないだろ」

「お休みの日は……バイト、してます」

バイト。意外なものが出てきたな。

「へえ。どういうの？」

「色々、日雇いのものを。会場設営とかです。椅子をくまなく並べたり」

丁寧に一個一個椅子を並べていく木下の様子が目に浮かぶ。うわー、ちょっとでもずれてると直したりして時間かけてそー。

「……そうなのか。そのお金はどう使ってるんだ？」

「今は……ただ貯《た》めてます」

僅かに俯《うつむ》く木下。別に貯めることは悪いことじゃないと思うが。

俺も母さんに禁止さえされていなければ、バイトしてお金貯めてたと思うし。

「いつか使い道ができるといいな」

「はい、そうですね」

木下は応えるように微笑《ほほえ》んで頷いた。

……ふむ。なんかありそうだが、プライベートに踏み込みすぎる距離感でもない。

「じゃあもう、バイトと勉強と食事睡眠風呂《ふろ》で人生が完結していると……」

「どうしてそこまで言うんですかぁ⁉」

木下、さめざめと泣くの巻。だって友達と遊びに行くことはゼロだろ。勉強の次に出てくる休日の過ごし方がバイトだろ。あともう、何があるんだ。

「インスタとかTikTokやってるタイプにも見えないし」

「インスタ……ああ、みんながよく話しているものですね」

「うん、このレベルじゃん」

「あの、厳しいです。さっきから、すごく」

「だってお前、今俺が木下に対価で頼めるもの、頑張ってバイトして頑張って勉強して、健やかに生きていってくださいで終わりだぞ」

「ふぐぅ……」

HPが0になったのか、木下はべちゃっとテーブルに突っ伏した。

「まあ、もともと対価なんて求める気はなかったが――」

と、言おうとしたその時だった。

「あっ！」

がばっと上体を起こす木下。

「わたし、ご飯とか自分で作ってます！！」

「ほう」

「あと、家庭科は被服も手芸も実技成績良かったです！！　自分の靴下に空いた穴とか縫って――ぬ、って……」

「……木下？」

瞬間湯沸かし木下が、顔を覆ってまたべちゃっと撃沈した。

「……張り切って余計なこと言ったぁ……穴空いた靴下縫って使ってる女ぁ……」

「いや良いだろ別に。経済的で」

「笑ってください。五代さんの周りに数多くのご友人がいることと思いますが、こんなことをカミングアウトしたのはきっとわたしだけ……」

「それはそう」

わざわざ口にしたのは、確かにお前だけ。

「……うっ……ぅあ……ぁぁ……」

なんかガチっぽい泣き方始めちゃったよ。周囲の視線が痛い。

被服とか料理とかで頼ると、バレた時に母さんがクソ面倒なんだが……仕方ない。

「じゃあ、良かったら今度振る舞ってもらおうかな。料理でも良いし、手芸でもいい」

「っ……ほんと……ですかぁ……？」

半分顔を上げて、木下は言った。発熱レベルで顔が赤い。おでこで鉄板焼き作れそう。

「わ、かりました。必ず、かならずがんばりますっ……」

目元を拭って、転んだあとの五歳児みたいな顔して頷く木下。頬を膨らませて泣くのを我慢してる感じ。えらいえらい。

「俺が手伝ったのは友達を作るところまでだし、そんなに気合入れなくていいから」

「でも、みんなが話を聞いてくれるようにもなって、初めてお礼なんて言われて」

「それは木下が普段からやってることに、友達効果がくっついただけだから」

そう言って笑って、

「ちょっとお手洗い」

と席を立つ。口元を突っ伏した時の両腕で隠した呟《つぶや》きが、ぽろっと聞こえた。

「でも……そのきっかけは、全部あなただもん……」

†

その日の午後6時頃。おうちのキッチンにて。

「ヴぉぉおおくはぁああ今あああああ、あの空をおおおお……ん？」

電話がかかってきたのは、お徳用プロテインでドリンクを作っている時だった。

あ、この歌はカラオケでも完璧でいるために、空いた時間でボイトレをしているだけだ。

今はただの、熱唱しながらプロテインがっしょがっしょシェイクしてるやベーやつかもしれないが、これも完璧でいるための白鳥のバタ足である。

ちなみに毎日やってるし、録音もしてる。恥じることなど何もない！

「……こぉちら五代」

『あ、涼真《りょうま》？　なんか声変なんだけど。ふふっ』

「ん、ああ、ちょっ渇いてただけ。どうした如月《きさらぎ》」

この女、少しの違和感で俺の変化に気付いてくるから、マジで油断ならない相手だ。

『どうした、かー。んー』

「用が無いなら切るが。このあと出かけるし」

プロテインを傾けながら、風呂の方を確認する。母さんが出てくる前に出かけないと、非常に面倒くさい。

『おうおう待てや！　わざわざ電話して用無いわけないでしょ！』

「いやお前たまにそういうことするじゃん」

なんだったらつい最近もやってたし。

『……迷惑？』

「別に支障をきたすほどじゃないけど」

かといって、如月だって忙しいはずだし。俺と話すことは楽しいと思ってくれているようだが、彼氏彼女の仲というわけでもないんだから、あまり頻繁なのも如月に良くない。俺と話してるとこをファンや彼氏候補に見られたら機会損失だし。

……本当は「もう連絡してくんなキメェ」くらいのことを言って突き放してあげる方が良いのかもしれないが、そこまで非情になれる気もしない。それは完璧とも言い難《がた》いし。

『そ。じゃあじゃあ今日の学校、どうだった？』

こんな風に露骨に安心したような喜色ばんだ声をあげられると、余計に突き放しづらい。特に登校頻度の減っている如月が、無邪気に学校の話を振ってくるとなおのこと。

「そうだな……ああ、うん。楽しかったよ」

学校での出来事を振り返ると、必然俺も笑みが零《こぼ》れた。木下《きのした》にお礼を言われたこともそうだし、彼女の行動が否定されなかったこともそう。俺の考えたことがうまくいった、と言い換えることもできた。

『へぇ。ご機嫌じゃない。あたしの居ないとこで何があったの。聞かせなさいよっ』

声色ひとつで俺の感情を読み取ってくるのも流石《さすが》だが、如月自身も楽しそうだ。

「まあ色々、考えてたことがうまくいったんだ。気持ちが報われたっていうかさ」

『そっか。ふぅん、そっか。ふふん』

「なんか俺より機嫌良くない？」

『そう？　そうかも。あんたがそんな風にすっきりしてること、あんまりないしね』

言われて思い返すと、どうだろうか。すっきり……すっきりか。

確かに無い、かも。基本的に学校では完璧たらんと気を張っているし、安らぎがあるわけでもない。むしろ変な干渉を凌《しの》ぎ掻《か》い潜《くぐ》る日々、と言えなくもない。

「……それで機嫌が良くなってくれるのは、どういう風の吹き回しだ？」

『失礼ね。あんたが嬉《うれ》しければ、だいたいあたしも幸せよ？　……意外って思われるのも、仕方ないとは思うけど』

「そうか。それは……素直にありがとう」

意外ではあった。半年前から、半ばぎくしゃくしている節はある。なんというかこう、どっちがフッたフラれたというわけでもないけれど……俺と如月は、恋愛関係になりかけて、ならなかった、みたいな仲だから。

『そーそ。素直に礼を言えば良いのよ。でも、あんた最近なにしてたっけ。気持ちが報われたって、テストの点数とか？』

「まあ、それも込みかな？」

俺の点数が良かったからこそできたこと、ではあるし。

『んー？』

リラックスした、鼻に抜けるような如月の声。寝転がったりしてるんだろうか。

「いや、ちょっと今、手伝ってる子がいてさ」

『あ？』

がばっと起き上がったような音……&ドスの利《き》いた声。

『……そうだ、そうじゃん。あの芋娘』

「如月？」

『誰よあの女……！』

どんな尋問だ。ていうか、知ってたのか？　芋娘……うん、まあ、まあ合ってそう。

「誰もクソもお前の次の出席番号を拝している、たった四十人のクラスメイトの一人だが。風紀委員で、身長はお前より少し小さい」

『んなプロフ聞いてない！　身長だけじゃなく全部小さいし中学生みたいな見た目の女を

このあたしと比べることすら烏滸《おこ》がましいのよ！！　ずっと机にかじりついてシャーペンだけ握ってるような子でしょうが！！』

「詳しいじゃん、木下のこと」

『あたしのすぐ後ろの席の女のことくらい知ってるっつーの！！』

「ここに一つの矛盾が生まれたんだが、聞く？」

『黙れ！！！』

こわ。

『あたしが聞きたいのは！　あたしの知らないうちになんであんな子と仲良くなってんのかってことよ！！』

「お、木下と俺が仲良く見えた？」

如月にそう見えたなら誰からもそう見えただろうし、ひょっとしたらもう木下のことで心配する必要は本当に無くなるかもしれないな。

『嬉しそうにすんな！』

「なんではこっちの台詞《せりふ》だ、如月。俺と木下が話してて何か問題があるのか」

『っ〰〰〰！！　無い！！　けど！！』

「けど？」

『ムカつく！！　木下木下うるさい！』

まったく理解は出来ないが、素直で助かるな如月は。

「んじゃそのムカつく気持ちをどうにかしたいわけだな」

『あんたが冷静にあたしを処理するモードに切り替えたのもムカつく！！』

「それはいつものことだ」

『ばあああか！！』

さて、しかし。俺と木下が仲良くしていることがムカつく、か。

自分とは全然遊ばないのに、みたいな話だったらもう昨日駅前の百貨店で払拭《ふっしょく》されたはずだし。純粋に木下が嫌い……はありそうだな。

「木下嫌いなのか？」

『いま嫌いになった』

「原因が俺と関わってること以外に無いなそれ」

『涼真と話す女全員死ね』

「母親みたいなこと言うなよ」

『母親はそんなこと言わないでしょ！！』

「そうか。そうだな」

普通はそうなんだな……。

『あんたの口から嬉しそうなトーンで「きのした」って出てくるのがもう嫌。その四文字のうち、言って良いのは「き」だけだから。……やっぱ「き」もダメ』

「お前の名前すら呼べなくなるな」

『あ、い、り。全部行けるけど？』

「……あのな」

『……別に今その話がしたいわけじゃない。ともかく、木下さんなんて興味もなかったしどうでもいい』

ばっさりだった。ただ、さてどうするかと俺が思考を巡らせるよりも先に、如月は小さく溜《た》め息を吐いて、言葉を続けた。聞き馴染《なじ》みのない言葉を。

『……そのどうでもいいやつが涼真の時間取ってるのが嫌』

「またぞろ不思議なこと言い出したな」

『不思議でもなんでもないでしょ、ばか。どーせ変に肩入れして、最後には涼真が「やっぱやらなきゃよかったかも」とか言うんだし。ばかだから』

……存外、ありそうな話で一瞬黙ってしまった。

『そんじょそこらのヤツが、涼真についていけるわけない。涼真に頼って、うまくいくわけない。涼真がやってくれたこと全部分かって、素直にお礼なんて言えるわけない。だって、みんな涼真より出来の悪い人間だってこと突き付けられるだけだし』

「……そうかもな」

『それでも涼真のしたことは全部そいつにとってプラスになって、そいつは涼真に「余計なことしてくれてー」みたいなことだけ言って、涼真のしてくれた努力にただ乗りして生きてく。まるで自分が頑張ったみたいな顔して』

なんとも、言い返しようのない話ではあった。

テストで良い点を取らなければならないから勉強を教えてくれと頼んできたやつは、なんだかんだ成績は上がって、良い高校に進学した。

声優になりたいと夢を語り、俺に協力してほしいと頼んできたやつは、現実的な夢を追うべくちゃんと勉強を頑張るようになった。

俺が普段から鍛えていることを知って、強くなりたいから一緒にやりたい、と名乗り出たやつは、その後気の合う仲間を集めてわいわい運動サークルを作ったらしい。

——べつに、どれも俺のおかげではないとは思うけれど。

如月はいつも、彼らを恩知らずと罵る。

「今回はそうはならないから」

『前回も前々回も同じこと言った』

「いや、今回はほどほどにしておくから。もう終わりだから」

このまま木下が、それこそ健やかに生きてくれるならそれでいい。

『……もう勝手にすれば』

「そのつもりだよ」

『……もういい。木下は嫌い。以上』

ぶつ、と通話が切れた。

如月《きさらぎ》のことだ、別に木下を嫌いになったからといってそれを言いふらしてイジメてやろうみたいな方向にはならないはずだが。

それはそれとして、身に覚えのない罪で嫌われる木下が不憫《ふびん》だ。

「さて……行くか」

息を吐いて、玄関で靴を履く。これ以上時間を食っていると、風呂《ふろ》から出た母さんに見つかってまた出かけるまでひと悶着《もんちゃく》発生してしまう。

出かけると言っても単に日課のランニングと筋トレなんだが、試験明けの今週末には球技大会が控えている。俺がそこでダサいことをするなど許されない。というわけで日課に加えて軽く練習をしておこうというのがこの外出の目的である。

……ん？　あれ、なんか通知来てる。木下《きのした》からだ。珍し……くもないか。

みなみ　：五代《ごだい》さんは、バスケットボールはお得意ですか？

通知を見て、球技大会で木下も女子のバスケに割り振られていたことを思い出す。
俺は男子の方のバスケだった。得意不得意で言うと、まあ苦手ではないくらいには練習したかな。最初はひどいもんだったんだよな、あの手の球技は経験者と素人《しろうと》がパッと見で分かってしまうから、結構練習時間を費やした。

五代涼真《りょうま》：それなりかな

みなみ　：そうですか

少し返信が止まる。ただ、急に連絡が来てこれで終わりということもないはずなので、ちょっと待つ。え、ほんとにこれで終わりじゃないよな？

みなみ　：私、実は

みなみ：小学校の時にやっていて
へー、これは意外。……となるとあれか。対価がどうこう言ってたし、俺が初心者と言っていたら、教えてくれようとしてたのかな。
五代涼真：俺はちょうど今から練習しに行くとこ
みなみ：え
五代涼真：悪いな、初心者じゃなくて
みなみ：謝るということは、私が聞いた理由がわかっタトゥー？
みなみ：分かったという？
「わかったとぅー、か。斬新な誤字だな」
苦笑を噛《か》み殺して文字を打とうとすると、俺の予想より慌てているようだった。
みなみ：え、消せないんですけど
五代涼真：かわいそうに

みなみ：かわいそうにってなんですか!?　消す方法ないんですか!?

きっと普段からLINE使っている人間はみんな消し方知ってると思うが。

面白いからしばらく見ていよう。

五代涼真：でもそれなら少し練習付き合ってくれると助かるな

みなみ：え

みなみ：いいんですか？

五代涼真：経験者なら有難《ありがた》い

五代涼真：実は俺の家、木下の隣駅でさ。近くの公園とかでどうかな

みなみ：今から行けます

お、マジか。今週のどこかで、とかのつもりだったんだけど。

なんかすごいやる気を感じる。ので、俺は了解の意を返しておいた。

五代涼真：分かっタトゥー

みなみ：五代さん！！れ！！！れ！！！！！れ！！！

この謎の「れ」も、エクスクラメーションマーク連打しようとして失敗してるだろさては。小さく笑って、残りのプロテインドリンクを飲み干した。

「母さんを置いてどこ行くの……？」

しまった……。

†

なんとか必死の説得の末にやってきた夜の公園。

この公園のがらがらの駐車場には、なぜかバスケットのゴールが設置されている。借りた外用のボールを弄び、軽く準備運動をしていると、俺を自転車のライトが緩く照らした。顔を上げると、そこに学校指定のジャージ姿の木下が居た。

「お、来たな」

「来たなじゃないです」

あれ、なんか怒ってる。

いそいそと自転車を止め、おさげ髪を揺らしながらぱたぱたと俺に駆け寄ってきた木下は、「わたし怒ってます」とばかりのむくれた表情で言った。

「誰だってあのくらいの誤字はします！」

「ん？　ああ、そうだな」

「そんなさらっと認めてくれるくらいなら最初からからかわないでください！」

「ああ、消し方教えるよ」

「しかもあるんですね消す方法！！　すぐには教えてくれなかったのに！」

そりゃあまあ、無いとは言ってないし。

ぷんぷん怒りながら、それでも話は聞くようで俺の画面を見ながら自分の画面を操作する木下。ちらっと見えた友だちリストは、前より数人増えていた。

「ちゃ、ちゃんと消えた……」

露骨にほっとしている木下。

「じゃあ軽く準備運動だけしておいて。俺はもう終わったから、少し身体《からだ》慣らしてるよ」

「分かりました」

はじめは高い位置から、軽く玉を突くくらい。それをだんだん低くしていって、地面から1センチ程度のところでだだだだだだだと弾ませてみる。意外と身体が覚えてるな。

クロスオーバー、レッグスルー、ビハインドバック。うん、覚束《おぼつか》ないことはない。

軽くレイアップから始めるか、とゴールに近づいたところでふと気づく。

――木下って経験者って話だけど、バスケやってて友達いないことあるか？

「あ」

しまった外した。邪念が。

「五代さん、フォーム凄《すご》いしっかりしてますね」

「ん？　ああ、練習したからね。外したけど」

「それは……経験者でもよくあることですよ」

ふふ、と笑って、彼女はフリースローラインから両手で自分のボールを放った。

リングの縁に軽く当たって、するっとネットを通る。手慣れたものだ。

「あ、うまくいった……久々だと逆に精度が上がったりしますよね」

「それは分からなくもないけど、久々なのか？」

「はい。去年の球技大会前以来でしょうか」

「去年も練習してたのか」

「え？　あ、はい。行事の前ですし」

当たり前のことでは？　とばかりに首を傾《かし》げる木下だった。

別に球技大会が楽しみだからとかではなく、学校行事だからちゃんと参加しなきゃって考えているところが木下らしいというかなんというか。

「小学校の頃は結構やってたんだ？」

「はい。運動した方がいいとかで、小学校が土日にやっているサークルに」

「へえ……活躍してた？」

「どうでしょう……一応、教えられたことは出来てた……かなぁ。でも、なんというか」

ぽんぽんとドリブルを繰り返しながら、零《こぼ》すように木下は言った。

「その頃から、あまり団体行動は向いてなかったんだなあって今になって思います。その時は気にならなかったけど……チームの子たちと遊びに行ったこともないですし」

「Oh……」

「なんですかそのリアクション！　友達いないって言いましたよわたし！」

「そうだったそうだった。でも今は居るってことで一つ、許してほしい」

「そ、それは……感謝、してますけど」

不満そうに唇を尖《とが》らせる木下だった。

「今回の球技大会も、あいつらと一緒に頑張れるといいな」

「はい」

俺も少し離れたところから打ってみる。バックボードに当たってどっか飛んでったので取りに行こうとすると、それより早く落下地点を読んで木下が向かってくれていた。

シュートフォームの時点で分かることではあるが、こういう細かいところが確かに経験者っぽい。

「ありがとう」

ワンバウンドさせたパスを受け取ってそう言うと、木下はピタッと止まった。

「どうした？」

「え？　あ、いえ。どうぞ、続けてください」

なんかぎこちなく、あちらへどうぞ、みたいな感じでゴールを手で示す木下。

いまいち意味が分からないが、もう暗いせいで遠くの木下の表情までは読めない。

言われるがままにもう一度打った。んー、ちょっと逸《そ》れたな。

リングに弾《はじ》かれたボールが、さっきとは反対方向へ飛んでいく。

それを俺が歩いて追いかける横を、なんか風が抜けていった。

「……木下？」

「はい、どうぞ」

「ああ……ありがとう」

「っ、いえ、全然、はい！」

気付いたら女子に球拾いさせてしまってるんだが、どうすれば良いんだろうか。

妙なプレッシャーを感じながら、手首をスナップさせて球で放物線を描く。

感触を調整し、角度を定めて放った球は綺麗《きれい》にリングを抜けて――そのままゴールの向こうへとボールが転がっていく。

流石《さすが》に取りに行こうと走りかけたら、もう既に木下《きのした》が取りにいっていた。

「はい、こちらに」

手渡されるがままにボールを受け取ってから木下を見れば、にこにことしながらも何かを待っているように俺を見上げている。目が明らかに何かをおねだりしている。

えーっと……？

「ありがとう……」

そう言うと、彼女の表情が、ぱっと明るくなった。……おいおい。

「！　いえいえ、全然！　次も決めましょう！」

ゴール下で手を振り、スタンバっている木下みなみさん。

「……木下、ちょっと集合」

「？　は、はい」

とててて、と駆けてくる木下。なんか体育の先生にでもなった気分だ。

近くで見た木下は、なんだかにこにこと楽しそうだ。こうなると逆に言いづらいが、とはいえこの状況はあまり良くないはず。俺がおかしいわけじゃないよな？

「ボール、取って来てくれるのは嬉《うれ》しいんだけど」

「はい！」

いつになく良い返事と、嬉しそうな顔。……待てよ。

「……ありがとう、木下」

「ふへへ……いえ、そんな」

案の定めちゃくちゃ幸せそうに微笑《ほほえ》んだ。いやもうこれ、あれじゃん。

学校でのことを思い返したら答えは一つじゃん。お礼言われ慣れてないんだこの子。なんだこのやりがい搾取《さくしゅ》されそうな真面目の典型。

だめだこいつ俺がなんとかしないと。

「とはいえ、自分のボールくらい自分で取りに行くから」

「えっ……どうして」

「どうしてもこうしても、木下も練習しに来たんだろ？」

「あ……それは、そうですね」

冷静になってくれたか。言われてみれば今日の教室での一件も、河野《こうの》にお礼言われたことで衝撃受けたような顔をしていたし。

「なんでもかんでも、感謝されるからっていう理由で動いたらバカを見るぞ」

……地味に俺にもブーメランな発言。そもそも俺は感謝すらされてないから余計に重症。

とはいえ、木下が誰かに使い潰されるような未来は御免だ。

「ち、違いますよ！」

「そうか？」

何が違うんだ。

と、彼女を見ると、木下はそのおさげを両手でぎゅっと握ってそっぽを向いた。

「ご、五代《ごだい》さんのお礼は、その……麻薬みたいなものでっ」

……は？

「なんだそれ」

ふ、と笑ってしまった。

「だ、だって！　だって……やっぱり、何も返せてなくて」

言い訳のように口走る内容が、あまりにも生真面目だ。

「せめて何か少しでもって思ってるところに……あんな風に、笑って貰《もら》えたら」

「ええ……？」

「そんな顔しないでください！　誰だってこうなります！！　わたしなんかでも役に立てるんだって思ったら、もうダメなんです！！　なんとでも言ってください！！」

「将来騙《だま》されて貢《みつ》いだりしそうで激しく不安」

「ふぐぅ……！」

胸を押さえてよろめく木下だった。なんとでも言えと言われたから、割と本気で思ったことを直球でぶつけたので、まあ悪いとは思うが反省はしていない。

「貢ぐとしても五代さんです……」

「なら良いや、とはならないんだよ」

溜《た》め息を一つ。それから、ボールをくるっと指の先で回転させて、言った。

「ちゃんと練習しよう。そのためにここに来たんだから」

「はい……」

消えゆくような台詞《せりふ》と裏腹に練習自体はやる気のようで、動きはピンシャンしていた。

「本当に経験者じゃないんですか……？」

「色々調べて練習したけど、部活とかでやっていたわけじゃないな」

何事も、いざ本番、と言われた時に無様をさらさないようにしているだけ。メジャーな球技は全部、基礎までは押さえた。流石に最新のルール変更とかまでは知らないから、その辺りはまた巡ってくる機会までに勉強しておくけれど。

『●●基礎』で検索すれば無限に学べる時代だしな。

　俺は決して、運動神経がズバ抜けているわけじゃない。見たことをそのままできるようなタイプの人間とは違う。完璧であるためには、先手を打って慣らしておく他ないのだ。

「とはいえ、うん。さっきの話じゃないけど、付き合ってくれて助かったよ」

「！　はい、ありがとうございます！」

　お礼言われた側の反応じゃないって、その笑顔。

「お礼はこっちだって。実際、俺が初心者だったら教えてくれようとしてたんだろ？」

「あはは……バレちゃってたみたいですけど。そうですね」

　ある程度シューティングをやってから、基本の動きのおさらいをした。

　オフェンス、ディフェンス時の姿勢なんかを重点的に。経験者の木下にフォームの確認をしながらだとだいぶ捗《はかど》るもので、木下が居ることは嘘《うそ》偽りなく大助かりだった。

「ふっ……！」

　力強い吐息とともに、綺麗なバックスピンをかけて描く放物線。

　縦に伸びきった身体《からだ》は全力の証《あかし》。リングを見据える真剣な眼差《まなざ》しもまた同じ。

フォームが綺麗っていうのは、今の木下みたいなのを指すんだろうか。

ネットが翻《ひるがえ》り、気持ちの良い音が響くまで、俺は彼女を見つめてしまっていた。

俺は……見惚《みと》れていたのか。夜の街灯に照らされて、ひたむきな努力を続ける少女に。

「木下の魅力がそこにあるんだから、仕方のないことか」

誰も聞いていない言い訳を一つ零して、思う。

うん、だからさっきの球拾いは、やっぱりちょっとどうかなあ！　って。

「……はあ。なんだか暑くなってきましたね」

振り返る木下の頬は上気していて、確かにほかほかしてそうだ。

「ん？　ああ、結構動いたし、もう暖かい時期だしね」

木下は自分がこいできた自転車の傍《そば》に寄ると、きっちり首元まで締めていたジャージのファスナーを下ろしていく。分かってはいたけど、下も学校指定の体操着だった。

半袖一枚になると、木下の身体のラインもはっきり見える。なんというか……華奢《きゃしゃ》だ。

全身を使ってシュートしていたことからも薄々分かっていたが、腕は細いし胴も細い。

女性らしいくびれはあるというか、お尻は丸みを帯びているけれど……それでもやっぱり小さいし。上半身は、なんというか中学生って感じでした。はい。

いや、俺が如月《きさらぎ》のスタイルを見慣れすぎているせいもあるかもしれないが。

「……なにかありました？」

しまった、見つめていたのがバレたようだ。丁寧に畳んだジャージを前かごに仕舞った木下が、振り返りざまに首を傾《かし》げている。

なにかって言われても今思っていたことを口にするわけにもいかない。

さっと見つめていた理由を考えて、口にした。

「学校指定の体操着なんだな」

「え、そうですけど……えっ？」

それの何がおかしいんですか？　とでも言いたげに腕を上げたり、意味も無く脇のあたりを覗《のぞ》いてみたりしている木下。いや、ジャージそのものに欠陥があるわけじゃないんだけど。……しまいには何も分からなかったようで泣きそうな顔をしてもう一度俺を見た。

「……えっ？」

この、無自覚なやらかしをしたんじゃないか、みたいに怯《おび》えている顔よ。

「分かった分かった俺が意地悪な言い方をした」

そもそも俺が話題を無理やり作ろうとしたせいである。

「体育とか部活でもないのに、学校指定のジャージ着てるなあって思っただけ」

「ダメだったんですか⁉」

「ダメじゃないから気にするなって」

そう努めて笑ってみせると、木下はハッとしたように俺を上から下まで見る。

おっ。俺が学校指定の体操着じゃないことに今気づいたのか？　えらいぞ。

「かっこいい……」

「そりゃどうも」

しまった！　とでもいう風に口を両手で塞ぐ木下。相手に聞かせるつもりは無かったということか。さっきの俺と同じだな。

俺は毎日ランニングと筋トレに出ていることもあって、トレーニングウェアはちゃんとしたものを使っている。母さん曰《いわ》く安物買いは銭失いだとか。特に何年も使うものは、良いものを買った方が長期的には経済的らしい。買い替えの必要が減るからだ。

インナーはぴっちりした速乾性の黒の袖無し《スリーブレス》。その上からワンサイズアップした大き目のトレーニングシャツでちょっとダボついたシルエット。下は膝下まであるバスケ用のパンツをいつも何枚かで使いまわしている。動きやすくてひらひらしたやつ。

「……」

気付けば木下は何やら自分の身体を見下ろしていた。なんかぷるぷるしてる。

「でもほかになにももってません……」

めちゃめちゃ凹《へこ》んでた。

「別にダメじゃないというに」

「で、でもっ……！」

がばっと顔を上げた木下《きのした》の悲痛な叫び。

「わたし今、本当にまじめなだけの、おしゃれ度ゼロの女だと思われてませんか⁉」

「それはまあ、一緒に勉強してる時から変わってない印象だし」

「！！！！！！！！」

雷が落ちた鳩《はと》みたいな顔してんな。可愛《かわい》いけど。

「なっ……ぁっ……⁉」

「そんな衝撃だったの？」

逆に俺にどう思われてるつもりだったのか聞いてみたいけど、今聞くと追い打ちみたいになりそうだからやめておく。

「いいじゃん別に、木下の魅力に関係ないよこれ。むしろある種の魅力だよ」

「そ、それはでも……俗に言うおもしれー女のベクトルじゃ……」

そういう知識はあるのね。

「否定はしないけど」

「っ～～～～！」

もうまずもって今の発言がおもしれー女だよお前、分かってる？

ぽかぽか俺の胸を叩《たた》く木下。全然痛くないから良いけども。

「ま、ほら。練習練習」

「……おもしれー女じゃないです……ただの木下です……」

「わかったわかった」

まあ、なんというか。少し俺から、言えることがあるとするならば。

「ジャージで来るのが木下の魅力、ってわけじゃないから誤解はしないでほしい。ただ、なんていうかな。木下にとって今日一番大事だったのは練習することで、それに最適な服で来たわけだろ？」

目標のために努力する、そのひたむきさがその服装にも表れているからこそ、ある種の魅力だと言ったまでのこと。

ぽんと木下の肩に手を置く。スポブラっぽい肩紐《かたひも》の感触があったが、努めて気にせず。

「だから、そんなに落ち込むなよ。俺はおもしれー女木下、良いと思うよ」

「おもしろくないんですよ！！！」

しまった間違えた。完璧ポイントが減った。

「ほら練習練習」

誤魔化して、手元のボールをリングに放る。外れた。

むくれていた木下も、シュート練習を繰り返しているとだんだん落ち着いてきたようで。

「さて、そろそろ帰ろうか。木下は、時間大丈夫か？　ほら、門限とか」

気づけば、良い時間になっていた。木下を見ると、時計も確認せずにさらっと頷《うなず》く。

「はい、大丈夫です」

「ふむ……親御さんとかからは、結構自由にしてて良いって言われてるのか？」

「……そんな感じです」

……親との仲は、相変わらずあまりうまくいってない雰囲気がはっきりと。

学校のことでぎこちなくなっているという話だったから、根本の学校が上がり調子の現状、自然にうまくいくことを願っていたんだが……まだ難しい感じかな。

「分かった。自転車だし大丈夫だと思うけど、気を付けて」

「はい。五代《ごだい》さんこそ、お気を付けて」

この公園を境に、反対方向。何度も振り返っては手を振る彼女が道の先に消えていくのを見届けて、俺もボールを抱えて、帰りのランニングを再開した。

木下みなみの色彩世界

——最近、世界が色づいて見える。

それは偽りのない、木下みなみという少女の本心だった。

では過去は世界がモノクロに見えていたのかと言えば、そういうわけでもないけれど。

ただ、空を見て綺麗《きれい》だと思ったり、道行く楽しそうな人を見て自分も少し楽しくなったり、目を閉じた時に今日のことを思い出して笑えたり。そうした小さな幸せに気付けるというのはきっと、心身ともに健やかな人間にのみ許された贅沢《ぜいたく》なのだ。

木下みなみは例えるなら、捨てられて雨露に晒《さら》されていたところに、初めての温かいスープを与えられた子猫のような、そんな心境にあったのだろう。

「……楽しかった、な」

ふと口を突いて出た台詞《せりふ》。

シャワーを浴びて、思い返す今日のこと。

からかわれたり、大変だったりもしたけれど、今日の記憶というフォルダには自分と目を合わせた相手が笑いかけてくれている光景ばかり。

ほんのひと月ほど前には考えられなかった、色彩世界。

「……ご飯作ろ」

時刻は21時を回り、家には一人。慣れた日々。

妙に寂しさを感じてしまうのはむしろ、この玄関を飛び出した先にある世界が色づきすぎてしまった反動だ。だからこれ以上は望みすぎ。これくらいがちょうどいい釣り合い。

心を強く押し殺して、冷蔵庫の中の余り物を探す。

軽く作れるレシピをいくつか思いついて、自然な手つきで調理に移る。

今日の夕飯と、明日《あした》のお弁当。それから――食べてくれるかは分からない、パートから帰ってくる母親の分。

朝起きて、残っていたら自分の朝食にすればいいだけだ。

そう言い聞かせて鍋を振ると、気づけば料理ができているのがいつものこと。

無心で作れば、意識の戻った時には出来ているはず。

少し前まではそうだったのに、最近はこういう一人の時間がやけに長い。長く感じてしまう理由は、もちろん心あたりばっかりだ。

かといって独りが長い少女には友達に連絡して時間を潰すなどという発想もなかった。

LINEはあくまで、連絡のためのツール。

母親とのトーク画面は、二か月くらい前から動かないまま。

「……ふぅ」

ぴこん、と通知が鳴って顔を上げた。自分の食事を狭いテーブルに並べて、誰に聞こえるでもない「いただきます」を呟《つぶや》いたところ。行儀が悪いと自覚しつつも手を伸ばしたスマートフォンは、次から次へとぴこんぴこんと鳴動した。

「うわわわわわ」

立川《たちかわ》：みなみー、スマホ見てなかったー？
ももせ：招待しても全然反応しないから勝手に入れたよー？
あきな：てか今日言い忘れたあたしが悪いんだけど
立川　：それなー

次から次へと飛んでくるのは、見知った少女たちとのグループ通知。

何事かと慌ててスマートフォンを取り落としかけたみなみは、彼女らの会話に必死で記憶をさかのぼる。そういえば、グループの招待をかけるとかなんとか。

みなみ：すみません、全然見てなくて

あきな：今日帰ってからなにしてたん
みなみ：球技大会の練習をしてました
ももせ：え、ガチじゃん……
立川：やばーw
ももせ：一人で？

「食べる暇がない……！」
気が向いた時に返せばいい、などという常識が欠けた少女の末路が、どんどん冷めていく料理を目の前にスマートフォンをフリックし続けるこの惨状。

みなみ：いえ
ももせ：でもみなみ他に友達いないよね
あきな：見え見えの見栄《みえ》を張るでない

「……どうしよう」
自分なんかが五代涼真《りょうま》と放課後一緒に居たと言っていいものか、逡巡《しゅんじゅん》するみなみ。彼がどれだけ人気者で、自分がどれだけ日陰者かくらいは認識している。

涼真と一緒に居られるのは自分に利用価値があるからで、それは例えば少しは頼られるくらいの学業と、こちらから押し付けがましく誘ったバスケ練習。

それを、鬼の首を取ったように「五代涼真と二人で遊んだ」などと口に出来るような面《つら》の皮の厚さは木下みなみには存在しなかった。

「というか、冷静に考えたら五代さんと二人……わたしなんかが……」

冷静にならないように必死だったとも言える。

多大な恩があって、それを返すのに一生懸命だったとも言う。

ただどちらにしたって、二人きりだったことは否定のしようがない。

それをデートだなんだと舞い上がれるほど己に自信が無いことが、変にプラスに働いていたから今までなんとかなっていただけ。

みなみ：すみませんでした
ももせ：えぇ……？

立川　：ほんとうに見栄だった……

あきな：いやでもえらいよ

あきな：わざわざ球技大会のために練習とかしないしない
みなみ：しませんか？
あきな：普通しないでしょ
立川　：みなみが寂しいなら付き合うよー
ももせ：あ、あたしも行くー
みなみ：ありがとうございます

「……なんだろう、この罪悪感みたいな痛み」
果たしてここでこう言っておくのが正解だったのか、自分でも分からなかった。
揉《も》め事になったかもしれないし、ならなかったかもしれない。
特にこの〝あきな〟という少女は一年生の頃から涼真のことが好きだという。
『好きとは言っても観賞用だけど』
と、よく分からないことも言っていたが、変に関係に亀裂《きれつ》を入れていたかもしれない。
初めて手に入れた友人関係に崩壊の兆《きざ》しなどごめんだった。
ももせ：っつってバスケなの、みなみと亜希奈《あきな》だけじゃね。あたしサッカー

あきな：そだね
ももせ：解散！！

楽しい友人たちのやり取りに、思わず頬を緩ませて。それから小さく首を振った。

やっぱり黙っていて正解だ。ここで正直に口にしたところで、なんというか意味がない。別に、亜希奈から涼真を奪いたいわけでもない。

奪えるとも思っていないし、まず奪う奪わないという発想が木下《きのした》みなみには存在しない。そもそも自分のような人間が涼真にこれ以上迷惑をかけるのが烏滸《おこ》がましい。

自分と噂《うわさ》になるなどと、想像するだけで恐ろしかった。

「……っ」

きゅ、と唇を噛《か》む。「お前のせいで面倒なことになった」と涼真に言われると想像するだけで、実際に言われたわけでもないのに視界が潤んだ。

気づかず力んでしまったスマートフォンで続く楽しそうなやり取りも、果たして誰が与えてくれたものだっただろうか。

『何か困ってることがあったら連絡くれる程度でもいいから』

書店で会った時、そんな風に言ってくれた。

埋め合わせと称して一緒に行ったフードコートは人生で一番楽しい勉強だったし、それこそ世界が明るくなったのはあの日からだ。

でも、それなりに自分が勉強できたからこそ誘われたイベントであるし、バスケの練習だって、たまたま経験者だから涼真の役に立つことができて、それで生まれた時間。

ここまで、偶然自分に利用価値があっただけ。

「だから二人でも平気だったし、五代《ごだい》さんもなんとも思ってない。そうでしょ、わたし」

たとえ明日から二度と話ができなくなったとしても、このひと月の思い出だけを大事にして一生生きていけるくらいのものを貰《もら》ったんだ――とそこまで己に言い聞かせようとして、からんとスプーンが皿に落ちた。

「あ、いけない……」

ぼうっとしてしまっていた、と己を律して一呼吸。

「でも、なにも、二度と話ができないと決まったわけではないし……たとえ話だし……」

そう口にすると、胸の内が軽くなった。一瞬で失《う》せた食欲も戻ってきた。

みなみ：そういえば

みなみ：運動できて、可愛《かわい》い服ってありますか

隠しきれない欲が零《こぼ》れて、溜《た》め息を一つ。

誰にも聞こえないからと、あさましい己に毒を吐いた。

「……欲張り」

今がきっと、十分以上に人生で一番幸せなのに。

そう自分を客観視できるくらいには、木下みなみは自己肯定感の低い少女だった。

†

学校へ向かうみなみの足取りも、いつかと比べて随分軽くなったものだ。

「おはようございます」

「はよーっす」

「はろはろー」

「今日もまじめだねー」

義務だと思っていた挨拶に、好意的な返事がある。

それだけで、知らない世界に来たようだと思う。

お昼になれば一緒に食べようと誘いがあって。

見ていて不愉快な光景も、随分と減った。

「ではここで一つ小噺《こばなし》を」

百均の扇子を片手に机にのぼろうとした雑賀《さいか》を、隣に居た少女が押しとめた。

「また木下チャンが怒るよー？　ねえ？」

そう言ってみなみに目を向ける彼女は、昨日河野《こうの》の席の話で揉めた相手。

しかし、そんな風に話題を振られれば、みなみだって毒気を抜かれるというものだ。

「え、あ……そう、ですね。出来れば避けて貰えれば」

「へいへい。椅子でも並べっか」

自分のと、そのクラスメイトの女子のもの。二つを並べて、その上にあぐらを掻《か》いて座る雑賀。それなら特に、みなみから言うことはない。

「風紀委員チェック通ったぞー！」

おー、と周囲から拍手。まるで自分が審査員か何かのようだ。

「いや、あの……いいんですけど」

とはいえ、確かに風紀委員のあるべきはこうした監査役である。

本来はこうして処理するものであって、今までの自分がダメだった。

そう自覚せざるを得ない時に、改めて思い返すのは涼真の言葉。料理人となった賢者の忠告を聞いた王様の話。

人間は感情の生き物で、時折何が正しいかより誰の意見かを重視する。

木下みなみという少女が、クラスの中で得た立ち位置が現状を作っているのだと、改めて実感するのだった。

「なんか最近木下、明るくなった？」

「えっ……どうでしょうか」

担任の先生にそう言われた時は、思わず一言目で濁してしまったけれど。

改めて自分の今を思い返せば、一目瞭然だ。

「……いえ、たぶん、そうなんだと思います。わたしの中の、何かを曲げたわけではないのに……景色がずいぶんと変わりましたから」

「そっか。……はあ、担任失格だな俺ぇ」

「先生？」

「ああいや、こっちの話。これからも頑張れよ、木下」

「は、はい……」

担任の先生も、みなみへの対応が少し変わった。腫物を扱うようなソレから、まじめな少女に対する激励に。

「わたしが、間違ってたわけじゃないんだ。……でも」

そっと胸に手を当てれば思い出す、今までと今。

みなみの信じるものが変わったわけではない。かといって周りが変わったわけでもない。

みなみの悩みを聞いて、簡単に原因を突き止めた人が掛けた、魔法。

「まだ何か、返せるものがあればいいな」

ささやかな期待を胸に、歩く。

楽しい時が過ぎるのは早いもので、あっという間に夕日が顔を出す放課後だ。

今日のこれからの予定を決めているわけではなかったが、淡い期待は胸にあった。

球技大会まではきっと涼真《りょうま》も、時間の許す限り練習はしたいだろうと。

自分に利用価値がある今ならまだ、あの楽しいひと時を過ごす権利はあるのではないか。

そんな風に思いスマートフォンを取り出そうとしてふと気づいた。

「あれ」

鞄《かばん》のどこにもない。夏服になった今、上着のポケットのようなちょうどいい入れ場所もないのだから、鞄にないのならどこかに忘れたのだ。

とりあえず教室に戻ろうとして廊下を早足で歩む。

と、タイミングのいいことに涼真の声が聞こえてきた。誰かと話しているのなら、そのあとでも良いから少し話が出来ればいい。

そう、知らずのうちにさらに歩みの速度を早めて――。

「――で、涼真。木下チャンとは最近どうよ」

ぴたっと、足を止めてしまった。自分の名前が出たこともそうだし、向き合っている雑賀のことも、みなみは少し苦手だった。

注意をするのが義務であっても、怖い相手は怖い。彼女が雑賀のような不良じみた生徒にも向かっていくのは、勇気があるからでも恐怖心がないからでもない。

恐怖と葛藤してでも、義務感と使命感を優先してしまう少女だからだ。

「あ、そーそー！　涼真くんってば最近、木下さんと仲良いってほんとー？」

どうやら雑賀以外にも何人かいるらしい。だいたいが雑賀の周囲のメンバーだと察しがつくと、余計に入りづらかった。

とはいえどうして隠れてしまったのかも、自分でよく分からない。ただ、立ち聞きなど良くないと分かっているのに、足が廊下の壁際《かべぎわ》に根を張ってしまった。

「向こうが仲良しと思っているかは分からないけど、会う頻度が高いのは事実だな」

数人の追及に対して、涼真の答えはさらっとしたものだ。

ずるいだのなんだのと言われていて、少しみなみは俯《うつむ》いた。

相手はみんなの五代涼真だ、確かにずるいと言われてしまっても仕方がない。

特に、自分のような日陰者が二人で一緒に居るのだからと、ほんの僅かに唇を噛んだ。

「思ったより入れ込んでんじゃねえの？　昨日の件と言い」

「え、昨日も一緒になんかしてたん？　えー、ちょっと木下さん妬むわー」

恐れては、いたのだ。そう言われるかもしれないと。

なのに、未練がましく居心地のいいぬるま湯に居続けた。何を言われてもおかしくないと覚悟していたつもりで、その実こうして勝手に傷つく己が情けない。

「ああ、少し付き合って貰ってね。俺も助かったんだ」

「へー。なになにー？」

「別に伏せるほどのことでもないよ。ほら、球技大会があるだろ？」

「え、木下さんバスケ出来んの？　涼真くんバスケだよね？」

「ああ。木下がバスケできるの意外だよな。俺も少し驚いたよ」

軽く笑った涼真に、驚く女子。

涼真自身がみなみを迷惑がっていない台詞《せりふ》に、ほんの少しだけ安堵《あんど》する。でも。

「――でも、五代さんは人の悪口を言うような人じゃない」

　ぽつりとつぶやいて慌てて口を塞いだ。幸い、気づかれてはいないようだった。

「俺が意外なのは木下《きのした》チャンじゃなくて涼真の方だけどな」

「ん？」

「お前、何か自分でやる時に誰か誘うような人間だっけ？　なんかの練習とか、勉強にしたって全部一人でやるじゃん」

　え、と思わず声が漏れそうになった。

　だとしたら、今からもまた誘おうとしていた自分はとんだ傍迷惑《はためいわく》な邪魔者ではないか。

「言われてみれば、確かに。俺、木下のことは勉強にも誘ってたな」

「ああ……木下のおかげで満点が取れたとかバケモンみてえなこと言ってたやつか」

　雑賀に半眼で呆《あき》れられた涼真は、自分でも理解できないと言った風に少し思案した。

　それからしばらくして、「ああ」と呟《つぶや》く。

「なんで俺、木下のことは誘ってたんだろうって考えたんだけど」

「心配だったとかー？　なんか木下さんのこと疲れてそうとか言ってたっけー」

　女子生徒の零した言葉が、みなみの知る涼真の動機だった。

　ほとほと迷惑をかけ倒して、どう恩を返せばいいのか分からない現状の元凶。元凶というには温かすぎる、どうにもならない強敵。

ただ、その問いに緩く涼真は首を振った。

「木下ってさ。頑張ってる子なんだよ」

その言葉に、みなみは思わず顔を上げた。

幸い疑問を持ったのはみなみだけではなかったようで、口々に飛び出す質問。

「あ？　どういう意味だ？」

「えー、じゃああたしも頑張るから一緒にやろー？」

「はは、気持ちは受け取っておく。でも、なんだろうな。俺が生きてきて、ひょっとしたら木下だけかもしんないと思ってるから、〝頑張る〟のハードル高いよ？」

くすくすと、涼真は笑って言う。

「少し自問自答してみて気が付いた。木下ってさ。目先に迫ったことに対して当たり前のように努力をする子なんだよ。俺に付き合わせたり、木下に付き合ったりしたんじゃない。……たぶんそう思ってたからこそ、あの球拾いは良くなかったな、うん」

そう、周りがきょとんとする中で一人涼真は頷《うなず》いて。

壁の向こうでみなみが呆然《ぼうぜん》とするのを、何も知らずに彼は言う。

「だから要は……自分の目的に真摯な人が、たぶん……俺は好きなんじゃないかな」

「……ぁ」

――その肯定がどれだけ大きなものか、涼真は分かっているのだろうか。

頑張ることしかできなかった、その頑張りも正しい努力なのか分からなくなっていた。

そんな状況でポロッと、木下みなみだから一緒に居たと言ったのだ。

彼女の知識に頼ろうとしたわけでも、経験者からの教えを目的にしたわけでもない。

これまで、間違っているかもと思いながら、先の見えない霧の中で続けていた努力そのものを、好ましいと言ってくれた。

これまでの、自分自身でさえ疑っていた自分の存在価値、自分の半生を認めてくれた。

潤む視界を自覚した。足元がぐらつくのを自覚した。火照《ほて》る顔の熱を自覚した。

「楽しいよ、あいつと話すの」

そう笑う表情を見たいのに、前が見えなくて喉が引きつって動けない。

――声をかけてくれたのは、わたしが分かりやすく疲れていたから。そう思っていた。

――勉強に誘ってくれたのは、埋め合わせというあなたの善意。そう思っていた。

――練習に付き合ってくれたのは、わたしに利用価値があったから。そう思っていた。

――だからそれ以上を望むなんて、考えられないくらいの強欲だ。

そう、思っていたのに。

五代《ごだい》涼真は、木下みなみと一緒に居ることを、楽しいと思ってくれている。

木下みなみを、好ましいと思ってくれている。そう知ってしまったら、ダメだった。

あんなに必死で並べていた、己を律する言い訳が、全部揃《そろ》って蕩《とろ》けて消えた。

タガが外れたその瞬間、驚くほど簡単に、己も知らない本能が勝手に口を動かした。

「……好き」

自覚してしまったその瞬間、今度は理性のはじけ飛んだ己の心が素直に言った。

「好きです」

一生表に出すつもりもなかった、そもそも知りもしなかった偽らざる本心が叫ぶ。

「あなたが好きです」

全ての感情に蓋をして一緒の時間を過ごしていた、ずるいみなみは消されてしまった。

「わたしは、あなたが大好きです」

涙混じりの告白は、幸いと言うべきか。

誰の耳にも、届かなかった。

好きになってもいいですか

俺は朝が弱い。それはもう凄《すさ》まじく弱い。

小学校の頃は寝坊ばかりでクラス中に笑われたことも多かった。

色々と恥をかいたけど、直らないのはしょうがないと諦めていて――その時にある動画に出会った。調べていたわけでもなくたまたま、朝寝坊解消法という言葉がレコメンドに上がってきたんだ。

実際にその方法が正しかったかと言われると、残念ながら効果は無かった。

ただそこで学んだのは朝寝坊の対処法ではなく、世の中調べたらなんでもあるんだな、ということだ。それが、俺が何かを頑張りたいと思った時に努力をし続けられる、一番のモチベーションかもしれない。

「こういう筋トレ続けてたらこれだけ強くなれました」と先達が言うのなら、俺もそうなれるように努力しようという気も起きるって寸法で。

――まあ、朝弱いのは結局、何重もの方法を試してもダメなので未《いま》だに目覚ましの物量作戦で攻めているんだが。

と、じりじりうるさい目覚ましの中で、珍しくスマートフォンの通知が響いた。

寝ぼけ眼を擦《こす》ってみれば、これまた珍しく木下からのLINEだった。

みなみ　：おはようございます！
みなみ　：鬱陶しかったらやめます
みなみ　：あ、朝の挨拶のことです

……なんだ？？？？

五代涼真《りょうま》：おはよう
五代涼真：挨拶鬱陶しいと思うヤツだと思われてんの俺

なんか即既読になった。

みなみ　：いえ全然！！

朝から元気なエクスクラメーションだな。

しかしおかげで最初の目覚ましから1時間半、ようやく目が覚めた。

シャワーを浴びて出てくると、追加でLINEが入っていた。

みなみ：今日も頑張ります
みなみ：また学校で！

LINEの文面から読み取れる感情には限界がある。木下が何を考えているのか、微妙に分からないところはあるが……とりあえず学校で様子を見てみようか。

俺の知らないところで木下に何かあったっぽいことくらいは読み取れるし。

「面倒ごとに巻き込まれたか、もともとあった爆弾が破裂したか……」

だとしたら、まだ木下に関わる理由はある、か。

昨日雑賀《さいか》に言われて思ったことがある。あいつらには言わなかったが、俺は木下を簡単に誘いすぎだ。個にして完璧を目指す男としては、あまり褒められた行為じゃない。

木下にできることはしたし、ほどほどに手伝って終えられたのなら俺にとってもおせっかいが余計なお世話にならなかった成功体験だ。

あの子が俺のしたことを恩に感じてくれているというのなら、俺から何かに誘いすぎたり頼りすぎたりしても、内心の迷惑を押し殺して付き合ってくれるだろうし。

他人に頼るのも良くなければ、知らず他人に寄りかかるのはなお良くない。

ただ、そう反省した直後でも、この明確な変化のあるLINEは見逃せなかった。

「木下、そうじゃなくてもちょっと不安なところ多いし」

だから、まあ、うん。もう少しくらいならまだセーフライン、だよな？

「よし、じゃあまずは朝のルーチンをこなすところからだ」

立ち上がり、振り向けば。

そこにはお弁当を作り終えた母さんが、泣きそうな顔でこちらを見ていた。

「もう行っちゃうの……？」

「そりゃあ、学校だからな。お弁当、ありがとう」

「どうしよう……お弁当を作るとりょうくんが笑ってくれるの。でもお弁当を作るとりょうくんが行っちゃうの」

「弁当作らなくても行くんだよ……」

こんな顔されて弁当すら拒否するの、割と無理なんだよ……。今日の弁当はどんな意匠が込められてるのか知らんけども。

「はあ。母さん、眠い中わざわざ俺のために起きてくれてありがとう」

「うん……りょうくんのためだもん」

「分かった分かった」

母さんを自分の部屋に連れていって、そのままベッドに転がす。

なにをする気かって？　出かけようとするとグズるから二度寝させるんだよ。

こんな親子他に居るか？？？？？？？？

「りょうくん……」

「母さんは頑張ってるよ、本当に。いつもありがとう。感謝してる」

「うん……ぅん……」

よしよし落ち着いてきた、イイ感じだ、このままゆっくり二度寝せい。

なんだこの子守歌。もとい親守歌。まあいい、よし寝た。

さあ、学校だ。朝から疲れる。

「……りょうくん……最近、楽しそう……」

思わず一瞬、動きを止めてしまった。

楽しそう。……そうだろうか。そうかもしれない。

昨日も雑賀に話したが……俺は今まで付き合ってきた人たちの中で、どうやら木下《きのした》のことを相当気に入っているみたいだから。

だとすると……より一層気を付けないとな。ちゃんとやれよ、俺。

†

おはよう、と笑顔の挨拶が飛び交う教室の中。

今日もいじめもないし派閥同士の軋轢《あつれき》もない。他のクラスには良い噂《うわさ》を聞かないところもあるが、うちは比較的治安が良い。

その理由は幾つかあるが、一つを挙げるなら——。

「よう、涼真。オレの寄席《よせ》聞いてくか？」

「朝からやってるのか。なんなんだそのトークへの熱量は」

「楽しいじゃんか、オレの語りで観衆の感情を操るんだ」

肩を竦《すく》める雑賀尚道《なおみち》。彼がクラスの雰囲気を察知する能力に長《た》けているのは、きっとクラスの治安が良い理由の大きな一因だ。

口は悪いし、他人を傷つけない性格というわけでもない。木下の件だって、俺にやらせる気満々だった。実際俺がそれにまんまと乗っかってしまったのはあるが……ある種、俺の性格を知っているがゆえのやり口なんだろう。

「評判が良いものをあとで聞くよ」

「はー、ったく嫌なヤツだぜ。そんな特別扱いがいつまでも通ると思うなよ」

「そうか？　俺が聞こうとすると、俺をダシにして女子を集めるお前の方がよほど嫌なヤツだと思うが」

「あーあー聞こえなーい、またあとでなー」

ひらひらと手を振って輪の中に戻っていく雑賀を見送って、一つ息を吐く。

自分の席に行く前に、ちらっと木下の席に目をやった。相変わらず朝早くから登校しているらしい彼女は、予習の真っ最中。

あのLINEの件もあったから気になっていたが、今のところはいつも通り——。

「……ぁ」

視線に気が付いたのだろうか。それともタイミングが合っただけなのか。

顔を上げた彼女と目が合うと、彼女は少し驚いた様子。

普段なら、ぺこりと会釈《えしゃく》の一つでもして予習に戻るのだが、今日は違った。

「え、っと。おはよう、ございます」

珍しい笑顔だったから驚いた。俺が知っているどれとも違う、照れたようにはにかんだ可愛《かわい》らしいもの。幸福感と羞恥が入り混じったような、アイドルがやりそうな笑顔。

「ああ、おはよう。朝から予習?」

俺の席に向かうため、木下の席の横を抜けるまでの、そのほんの少しの時間。

「はい。何事も、一歩一歩。それしかできませんけど……それで良いんだって、思えて」

座っている彼女と立っている俺だから当たり前なんだが、彼女の上目遣いがどうにも慣れなくて頬を掻《か》いた。木下の瞳の奥にある、期待のような色。

とはいえ言っていることは本当に立派だし、俺はちょうど昨日、木下のそういうところが好ましいんだと雑賀に言ったばかりだ。

「ああ。それが木下の良いところだと思うよ、俺も」

「ぁ……はいっ！」

なんだろうこの、大会優勝したアスリートみたいな弾《はじ》ける笑顔は。

LINEで心配したのとは真逆で、俺の知らないところで良いことでもあったのか。

「五代《ごだい》さんにそう言って貰《もら》えて……嬉《うれ》しいです。ほんとうに」

「そうか。それは良かった」

「ふへへっ……はい、良かったです」

くすぐったそうな笑み。知らない笑顔ばっかり出てくるな今日。

こんなにころころと表情が変わり、それもこんなに全部可愛い子だったか？

何があったのか聞こうか一瞬迷うが、問題は……ないか。

「顔色も良いな、木下」

「えっ……そ、そうですか？」

頰に手を当てる木下。それで分かるのかお前は……。別に手鏡貸しても良いけど……。

「でも、もしそう見えるのなら……」

心当たりを探るように泳がせた視線が、俺の目と合って止まった。

「ん？　俺なんかした？」

少なくとも昨日の今日は心当たりがない。

「あ、いえ、すみません」

我に返ったように目を逸《そ》らす木下だった。

「んー……？」

マジでなんだ？

と、口にしたところで鐘が鳴った。行かないとな。

「五代さん？」

「いや、またあとで」

「あ、はい。また……」

小さく手を振る木下の席を離れ、自分の席に。木下が振っていた手をきゅっと自分で握っていたことと、なにやら寂しそうに視線を下に落としたのを見て、考える。

さっきの話していた時の笑顔との落差も含め……俺が何かしたのか？

昨日の今日……昨日の放課後のことを誰かが木下に話した……とか？

いや、聞かれても良いことしか話していないはずだし、尾ひれ背びれが付いているなら木下があんなに俺に好意的に接してくれるわけがない。

逆にあれか？　何かで追い詰められてまともに話せるのが俺だけ説とかもあるか？

「考えることが多いな……」

五代涼真《りょうま》は完璧な男。そう内心で唱えながら、今後のことを思案した。

†

今日の弁当はタコさんウィンナーと甘い卵焼きにふりかけという全体的に控え目な可愛らしさのものだった。これで控え目だと認識している俺がヤバいかもしれない。

20メートル後方からついてくる系女生徒を撒《ま》き、今日は例の女教師とも遭遇した。

なんでも、雑賀から「俺が先生を捜している」と聞いたとか。

……あの野郎、絶対に自分が助かるために俺を売ったな。覚えてろ。

努めて笑顔を絶やさず、なんとか彼女を凌《しの》いだ俺がほっと一息吐《つ》いているところで、ばったりと出くわす新たな顔見知り。

「——あっ。五代さんっ」

後ろから声をかけられた瞬間は「今度は誰だよ」とビクつきそうになったが、そこは完璧な男五代涼真。何とか身体《からだ》を押さえ込み振り向いて、そこに居たのは木下みなみ。

俺たちのクラスとは程遠い４階の廊下で会うとは思わなかったが、ほっと一息。

「ど、どうしたんですか」

「木下に会えてよかったなって」

「えっ……」

ささくれた心に一雫《しずく》の清涼剤。勝手に人を癒《いや》し認定するのもどうかと思うが、実際本当に木下で良かった。これでまたぞろ面倒な相手だったら、俺の昼休みをいよいよHELL休みに改名しなければならないところだった。

「それは……はい。わたしも……あなたに会えて嬉しいです」

照れながらの笑顔は大変可愛いんだが。

「そう言われるとなんかこっぱずかしいな」

「うぇ!? だ、だって今五代さんも！！」

俺のせいか？ ……確かに俺のせいか。

「色々と疲れてたんだ。すまん」

「謝る必要は、ないと思うんですけど……でも、お昼休みはいつもお忙しそうですよね」

くすくすと笑った木下は、何かを思い出したように指を立てる。

「そうそう。聞いてください五代さんっ。わたしも最近知ったのですが、お昼休みに五代さんが居なくなるのはもう学校の七不思議の一つなんだとか。七不思議ですよ七不思議。そんなものがあるなんてわたし、初めて知りました。あと六個もあるそうですよっ」

「そうか。俺は一個最初からネタバレくらってるのか、この学校の七不思議……」

「ふふっ。五代さんは自分のことですから、そうなっちゃいますね」

後ろ手を組んで、音符が出そうな勢いで俺の隣に並んで話をする木下。

上機嫌、だよなあ……？ と思って彼女を見ていると、目と目が合って、木下はニコッと微笑《ほほえ》む。うん、間違いなく上機嫌だ。上機嫌どころの騒ぎではない。

というより今の木下になんか小言くらっても、雑賀《さいか》あたりは喜んで言うことを聞きそうだなと思った。なんというか、人としての魅力がぐっと高まっている気がする。

マジで何があった。

「あ、……あの」

何かに気付いたように顔を上げた木下《きのした》と、もう一度顔を見合わせる。今度はすっと目を逸らして、躊躇《ため》らいがちに口を動かして。

「七不思議、あと六個……探してみます？」

「えっ？」

「ああいえ、その！　確かに時間の無駄かもしれないので全然無理にとは！　ほんと何言ってんだろ、こんなの頑張っても別に何が得られるわけでもないのに。というか、五代さんに手間を取らせるつもりはもう無くて……」

七不思議かー。考えたこともなかったが、この学校に本当にあるのか。

学校を散策してみた記憶をさかのぼると、面白そうなのは給水塔周りとか――。

「あの……本当に……鬱陶しいと思われたくはなくて……わたしも別に、五代さんと少し話せる立場をいいことに遊び惚《ほう》けたいなどと、そんな打算をしているのではなく……せっかくの期待を裏切るつもりは……」

ん？　気が付いたら目の前でおさげ髪が悲し気に揺れている。

「木下？」

「はい……。ごめんなさい……」

「え、いや、こっちこそ悪い。あまり聞いていなかった」

「……それ、は……聞かなかったことに、という……？」

これは重要なこと色々言ってくれてたっぽいな。なんかめちゃくちゃ悲愴《ひそう》感漂う顔。

「給水塔周りとか防災倉庫の中とかが七不思議っぽいなーって勝手に想像してたんだ、あまりそういう噂《うわさ》とかを一緒に話すような相手もいなくて」

「……え？」

「木下がそういうのに興味持つのは意外だったけど、面白いと思う。木下さえよければ一緒に探したいなと思うんだけど……どうだ？」

「あ……はい！　はい、是非！」

良かった。今の木下にあんな泣きそうな顔させるとか人としてどうなんだ俺は。

しかし七不思議なんて、今時あるんだな。漫画の中だけだと思っていた。

「色々とマップとか自作してみるのもいいかもしれません。校舎も幾つかのゾーンに区分して、調べた箇所から塗り潰して、検証用にコピーを作って――」

「やたら頼もしいな……」

頭の中に既に展開予想があったのか、次々と案を出してくれる木下。

たまに早口になるのは河野《こうの》と似てるな。どっちからも怒られそうだが。

ただ、隣を見て思う。こんなに鼻歌とスキップでもしそうなくらい楽しそうな木下が見られたのは、俺にとっても良かったと。本屋で会った頃からは考えられない状況だしな。

と、そんな時だった。

行く手を塞ぐように現れた、仁王立ちの似合う女こと如月亜衣梨《きさらぎあいり》。

木下にせよ如月にせよ、なんでこんな人気《ひとけ》の無い場所に来るんだ。準備室とか応接室とかしかないぞこの辺りのフロア。

「ずいぶん楽しそうじゃない」

なんだその悪役みたいな台詞《せりふ》。

「あなたは……」

少し驚いた風に目を丸くする木下。一応聞いておくか。

「……流石《さすが》に知らないことはないよな？」

「な、わたしをなんだと思ってるんですかっ。クラスメイトの名前と顔くらい把握しています！　だいたい、前の席の人ですよ⁉」

「へえ。その辺りは流石、如月とは違うな。他に知ってることは？」

「えっ……？　綺麗《きれい》な人だな、とは……。学校ではいつも誰かと一緒に居るなと思うくらい人気な方だとも。あとは、なんか結構ネットの有名人？　らしいことは」

結構ネットの有名人、ね。ふふっ。

「あ、笑わないでください！　だって仕方ないじゃないですか知らないんですから！」

もー、と瞬間湯沸かし木下がむくれて俺を見上げて抗議する。

さて、木下の認識はそんなものなわけだが、その木下を嫌いと言った如月の反応は——

あれ、思ったよりブチキレてるな。

「——ずいぶん！！！　楽しそうじゃない！！！！」

「ああ。だが見ての通り普通の友人だ。如月が気にすることは何もない」

「っ……わざわざ見せつけてくれてどうもありがとう！！」

きっと俺を睨《にら》む如月。ふむ、木下を如月が嫌う理由は、この会話である程度払拭《ふっしょく》できたと思ったんだが。俺と木下の関係は、如月が心配するようなものではないと。

それとも、知らないって言われたことがプライドに障《さわ》った、とか？　いや、如月はそんな安い女ではないはず。

だとしたら、如月が何か本音を隠していて、木下を嫌う理由が別にある……とか。

「二人きりで何してたのよ」

「俺がここ通ろうとしてたまたま会っただけ。そういえば木下は何してたんだ？」

「えっ!?」

なんか驚いたようにおさげ髪が飛び上がった。どうなってんだ。

「えっと、えっと」

俺と如月の視線を受けて、彼女はびしっと近くの扉を指さした。

「こ、ここに用がありまして！！」

化学準備室だった。

「木下、化学取ってたっけ」

「や、と、取ってないですけど！　な、なんとなーくどういうことしてるんだろうと言いますか、気になるなーと思って！」

「へえ？　昼休みを返上して？　わざわざこんな遠いところに？」

片眉を上げた如月の、疑惑の視線。

実際確かに木下の言い分はめちゃくちゃ嘘《うそ》っぽい。だが俺は嘘をつくような何かを隠している方が気になった。機嫌がいいから放置していたが……やっぱり何かあるのか？

朝のLINEといい……。

「なっ……じゃ、じゃあ如月さんはどうなんですか!?」

「あたしは涼真を捜してたの」

「っ〜〜、よ、用事ならどうぞ！」

「別に用はないわ」

「えっ？」

「会いたかったから捜してた。そしたらなんか余計なものがくっついてた」

「余計なもの⁉　わ、わたしのことですか⁉」

「それ以外ある？　化学準備室に用がある人とはここでお別れね」

「わ、わたしは！」

「なに」

「ほんとはそのっ……五代《ごだい》さんを捜してました！！　ようやく見つけたんです！！　用はないですけど離れたくないので！！　それでいいですか！！」

「はあ……そんなこったろうと思ったわよちくしょう……」

「あ、あれ？　わたし今なんかすごいこと言った……？」

「ねえ涼真《りょうま》、あんた木下と——ちょっと涼真！！」

やっぱりある程度調べるべきか？　ここで変に手を抜いて木下が面倒なことに巻き込まれている可能性を放置したら、それこそ今までやったことになんの意味も——ん？

「どうした。化学準備室の件は片付いたのか？」

「……まったく聞いてなかったってわけね。ええ、化学準備室の件は無くなったわ」

苛立《いらだ》ちを込めた如月の瞳。木下はなんか顔真っ赤になって如月を睨んでいるし。かといって木下の変化が如月起因ということはないだろうから、別に今は良いんだが。

「大事な木下さんがぼこぼこに言い負かされてるってのに意識を飛ばすなんて、意外と木下さんにもう興味なかったり？」

「ぼこぼっ……⁉」

衝撃を受けている木下はさておき、首を振る。

「木下が如月のことどう思っているかは最初に聞けたから、如月が木下の障害じゃないことは分かってる。如月は自分の好き嫌いを周りに見せつけて政治で動かそうとか考える人間じゃないから、裏から木下を追い詰めている可能性もないし」

「っ……あたしのこと分かってるみたいな言い方しないでくれる？」

「確かに俺が知ってるのは半年前までのお前だけど、同時に試験範囲がそこまでなら世界一位獲《と》れる自信もある」

「黙れ。半年で色々変わってるから残念でしたー」

べー、と舌を出す如月。変わってないように思うけどな。

「えっと……五代さん」

つい、と裾を引く感覚に振り向くと、あどけない表情で木下が呟《つぶや》いた。

「お、お二人は……、お付き合いをされていたんですか……？」

「なっ⁉」

面食《めんく》らう如月。よく言われたことではあるけれど、質問されるのは久々だ。

「いいや。単にお互い目的があって活動していただけだ。周りに囃《はや》されて、そうなるのも良いかと思った時もあったけど——」

「……」

むすっとした表情の如月を一瞥《いちべつ》して、続ける。

「俺と如月のやりたいことは違ったから、そうはならなかったんだ」

「やりたい、ことですか？　五代さんの？」

「ああ。俺は……完璧な男になるのが人生の目的だからな」

軽く笑って言うと、木下はきょとんとした顔。翻《ひるがえ》って如月はめちゃくちゃ不快そうに表情をゆがめた。

「その子に、言うんだ。それ」

確かに俺の目的を知っている人は片手の指にも満たないし、俺自身も自覚があるくらいふわっふわした具体性のない目的だから、吹聴《ふいちょう》するつもりもないが。

木下なら、いいかなと思った。俺の情報をなんでもかんでも話したがるみんなとは違う、なんて理由もあるが、それ以上に、なんとなく分かってくれそうだなと思った。

「そう、ですか。だから頑張ってるんですね……何事も、ずっと」

目的のための努力、というものがあるのなら、俺にとって目的というゴールは遠い。テストのための勉強、球技大会のための練習。そうしたゴールのための努力を、同じように人生単位で続けないと届かないものだという自覚があるからこそ。

一日一日を無駄にしないことが、俺にとっての、目的のための積み重ねだ。

って言っても普通はピンとこないだろうし、俺自身も最適解が分からないままがむしゃらにやれることをやっているだけだから、さっきも言ったようにふわっふわしてる。

口にしたところで五代くんも変なところあるんだね、なんて笑われるのが殆《ほとん》どだ。

別に笑われるのが嫌だから口にしないわけではないが、俺自身も自覚のある曖昧なものを口にするのは、それこそ完璧な人間のすることではないから。

こんなふわっふわしたままでも伝わる相手にだけ、伝わればいいと思っている。

「ま、そんな感じ」

小さく笑えば、木下《きのした》も小さく頷《うなず》いてくれた。

「応援してます、わたし！」

如月亜衣梨という女を支える人生も、きっとそれはそれで悪くないんだろうけれど。

それを選ばなかったことが、現在に繋《つな》がっている。

「……気にいらない」

ぽつりと、呟かれた言葉。

ぴしっと如月は木下を指さして告げる。

「あたしやっぱりあんた嫌い」

「なんですか突然。わたしのこと好きな人なんて殆どいませんから気にしませんけど」

悲しいんだよ言い返す台詞が。

「あっそ！　言っとくけど！　涼真のこと分かったような口きいても、どうせこいつのことは他の誰にも理解できないから」

「如月さんに理解できていたら、こうなってないんじゃないですか」

うわ、臨戦態勢なんだけど木下《こっち》も。

「っ！！　涼真！！」

「ああ」

「……後悔してもしらないんだから！」

ぷい、と踵《きびす》を返して帰っていく如月を見送る。

しかし、こう、あれだ。

「木下のこと好きな人、増やす方向で頑張ろうな」

「あ、はは……はい。でも、五代さん」

「ん？」

木下は、なんだか大事なものを抱えるみたいに両手で胸を押さえてしみじみ呟く。

「わたしのことを好ましいと思ってくれる人が、たった一人でも居るだけで……心は満たされるものなんだとも学びましたから」

ふむ……。

「……あと、もう一つごめんなさい五代さん」

「なんだ？」

木下は、如月《きさらぎ》の去っていった方を睨んで言った。

「わたし、如月さん嫌いです」

「なるほどー？」

如月と同じこと言ったな、とは絶対に言わないでおこうと誓った。

しかし問題が増えたな。しかも原因が俺。

せめて互いの心が傷つくことのない、じゃれ合いくらいの喧嘩《けんか》友達まで落とさないと、完璧な男なんてとてもではないが到達できない。

妙に難易度が高そうだが、今回は泣き言を言える立場ではない。

まあいい、やってみせる。

†

その日の夜のこと。

木下から連絡が来て、また一緒にバスケの練習をしようということになった。

球技大会、もう明後日《あさって》だしな。

この時期になると、夕方の5時を回っても空が明るい。ランニングを習慣にしていると、こうした四季折々の変化を感じられるのも楽しいところだ。雨はクソ。

「……お、もうやってるのか」

目的の公園に辿《たど》り着くと、見覚えのある自転車が一台、ベンチの前に止まっていた。

そして、球を突く音が遠くからでも聞こえてくる。

見れば案の定、木下がまっすぐリングを睨《にら》んでレイアップの真っ最中だった。

……ん、あれ。あいつ。

「ふぅ……あ、五代さんっ」

リングに通したボールをキャッチした彼女と、振り返りざまに目が合う。

にこっと自然な微笑《ほほえ》みが、普段と違った印象の服装と相まってやたら可愛《かわい》らしかった。

「さ、先に始めてます！」

「ああ」

何やらそそくさと練習に戻る木下の頬がほんのり赤らんでいる理由は、およそ察せる。

だって練習着可愛くなってんだもんよ。

あ、ジャージやめたの、なんて不躾《ぶしつけ》な質問をする俺ではないが、やっぱり照れくさいのではないだろうか。もうだって、急に垢抜《あかぬ》けてるしな。

オフショルの白Tはアシンメトリーで、右肩だけリボンみたいに結ばれている。もう片方の肩からはインナーの赤いタンクトップが覗《のぞ》いていて、そもそもTシャツの丈が短いものだからお腹《なか》がちらちら見えている。

パンツは一見ミニスカートにも見える、可愛いキュロット。白く細い足が強調されていて、全体が健康的で可愛らしい印象に仕上がっていると来た。

果たしてこれは木下のセンスか？　ひょっとして友達から一式借りてきてないか？

……まあ、そこは別にどっちでも良いか。今目の前で可愛いのは木下だし。

とはいえ向こうが完全に意識してしまっているなら、あとで触れるとしよう。

「……よし」

ぼんやり木下を眺めながら準備運動を終えて、俺も合流する。

「始めようか、木下」

「あ、は、はい！」

どこかほっとしたような、残念なような、曖昧な顔をした木下の表情が面白かった。

あとでしっかり触れるからな、首を洗って待っていろ。……などと相手を賞賛するに似つかわしくない決意をしつつ、今日は軽くパスの練習から始めていった。

「──結構打ったし、少し休むか」

「はいっ」

パス練から、走っている相手にパスを出してレイアップ、なんて実践的なものを交えてしばらく動いてから、一息。

手頃なところにあったベンチに腰掛ける。

木下も一息吐《つ》いて俺の前に立って──ん？

「ん、座りなよ？」

「あ、は、はい。そうですよね！」

別に一人分のサイズしかないわけでもない。普通のベンチだ。

木下は俺から微妙に距離を空けて腰かけた。……ふむ。

「俺、汗臭いかな？」

「い、いえそんなことは！」

ぎゅっと近くに座った。今度は服越しに太腿《ふともも》同士がくっつくくらい。

そして次の瞬間飛び下がった。またおもしれー女やってんな。

「木下？」

「い、いえいえいえそのわたしの方が汗臭いかと」

「そんなわけあるか。木下は素朴な石鹸《せっけん》みたいな良《い》い匂いするよ」

仲の良い女子相手なら良い匂いは誉《ほ》め言葉by雑賀《さいか》。と思ってさらっと言ってみたんだが、言ったあとでこれなんかやっぱりキモくないか。

「うええっ⁉」

「ご、五代《ごだい》さん……？」

見上げればそこに、街灯に照らされた木下の不安げな顔。

俺は結構難しいツラをしていたらしい。

「ごめんごめん。セクハラするつもりはないんだ」

完璧ポイントが削れた音がした。

んー、でも、今さらっと出たってことは普段から言ってるはずだな、俺。

今回だけ完璧ポイントに罅《ひび》が入ったのは——。

「い、いえいえいえいえその、わたし、わ、わたし……そう、言って貰《もら》えるなら……」

すすす、とまた近くに寄ってきた。

真っ赤な耳の後ろ、結んだ髪の隙間に覗く白い首筋に、外灯に反射した汗が僅かにきらっと輝いた。ほんの少し俯《うつむ》きがちな横顔。まつ毛が長くて、憂いを帯びた瞳の色と合わせて綺麗《きれい》なものだ。上気した頰との感情のコントラストが夜の公園に映えていた。

「あー……」

なんか分かったわ。木下はもう、ただ助けるだけの〝一般的な女子〟ではないんだ。努力を積み重ねることを厭《いと》わない、俺にとってもありがたい同志……っていうと変だけど。つまり普通の女子に接するようなコミュニケーションを取る必要はないんだな。

雑賀の借り物の言葉じゃなくて、俺の素直な感想でいい。

ってことで。

「木下は綺麗だよ」

「なななななんですぅ⁉」

あれ。

「綺麗じゃなくなった」

「ひどくないですか⁉」

雰囲気ぶち壊しの癇癪《かんしゃく》じみたツッコミは、綺麗とは正反対の可愛い反抗。

写真撮ってインスタに上げればよかったな。それは盗撮か。俺の脳内に留《とど》めておこう。

「ぁぁあの！　い、今のどういう意味なんですか！」

ばんばんとベンチを叩《たた》いて抗議する木下《きのした》。

「や、ツッコミが激しすぎて雰囲気消し飛んだなって意味で」

「どう考えたってその前の台詞《せりふ》ですよ！！　分かってるくせに！！」

いや、木下って日に日にからかうと可愛いから……。

「綺麗って方？」

「っ、そ……そう、です……」

目を合わせてそう言うと、また羞恥に瞬間湯沸かし木下。

「五代さんは、かけらも照れなくて……慣れてて……ずるいです……」

「ごめんごめん」

「謝ってほしいわけじゃ、ないんですけど……」

唇を尖《とが》らせる、いまだに恥ずかしさの残った不満顔。

目線を合わせてくれなくなった代わりに、耳がまたこっちを向いている。

「静かな横顔が凄《すご》く綺麗で驚いたんだよ」

「つだ、だから急に言わないでください！」

わたわたと慌てる木下。んー……俺もまだまだだな……自分の言葉で、というのは意外に難しい。一日一読書感想文でも始めるかな。

「もう……なんなんだか……」

ぽつりと独り言を零《こぼ》しつつ、手元にあったポカリに口を付ける木下だった。

「服もやたら可愛くなってるし」

「ぶふぉっ」

あーあ。

「ご、ごだいさぁん……！」

「ごめんって。言うタイミングを計ってたんだ」

「計ってて今なの、絶対わざとじゃないですかぁ……！」

それはそう。……いや、本当に可愛いんだよ。服もだけど、なんだろ、全部。

大きく深呼吸した木下が、視線を逸《そ》らして——無人のリングを見やる。

「……目的は、頑張ること……なんです、よ？」

「ん？」

急に何を言いだしたのか一瞬分からなくて首を傾《かし》げると、その答えはすぐに出た。

「五代さんが言ってくれた、一生懸命なのが……その。わ、わたしの魅力っていう……それをはき違えるつもりはなくて」

「ん、うん。そうだな。動きやすそうだし、実際運動着だろ、これ。可愛いだけで」

そう言うと、徐々に湯沸かし木下が小さく頷《うなず》いた。照れが強まってきたらしい。

「ダンス部の百瀬《ももせ》さんから借りたんです。あの……最近仲良くしてくれてて」

ああ、うん。あのグループね。木下を、ある種放り込んだともいえる。

「きょ、今日の目的は！」

絞り出すように、上気した頬とともに木下が言う。

見れば、全然目は合わせてくれないけども。

「練習を頑張ること、と……えと……か、かわ……いくも、ありたい、とぃぅ……」

最後の方はめちゃめちゃ消え入るような声だったけど、隣に居ただけあってしっかり聞き取れた。可愛くありたい……なるほどな。

その目的はもしかしたら、この服じゃなくても十分達成されていたかもしれないけれど……今の木下の可愛さを引き出したのは、この服の話題であることも間違いない。

「じゃ、目的は完全達成だな」

「っ……」

真っ赤になって身動きできずにいる、健気《けなげ》で可愛らしい少女に掛けられる言葉を探す。

自分の魅力に気が付いたのはきっと、鏡をちゃんと見られるようになったからだ。自分という人間を、まっすぐ見られるようになったから。

よくわかったな、その通りだ。木下みなみという女は、凄く魅力的なんだ。

とはいえ俺も、それを知ったのはついさっきのことではあるのだけれど。

「俺の保証がどれだけのものかは、分からない。でも、俺が会ってきた女の中でも木下の魅力は図抜けてるから。だから俺が魅力的だと言えるのは服というよりも、そうやって可愛くもあろうっていう意気込みの方だけど……それで良ければ、大成功」

「う、ぁ」

慣れないことをしたせいか、凝り固まってしまっている木下に笑いかける。

「ほんと、発見だったな」

もう暗くなってきた都会の夜空に、あまり星は見えないが。

見上げて思い返すのは、最初の頃。

「本屋で会った時は全然知らなかったからさ。木下のこと」

ちらっと、木下が俺を見た気がして振り向いた。少しだけ頬の熱が引いて、困ったように彼女ははにかむ。

「……そう、ですね」

頬に手を当てて、深呼吸をして、木下は少し考えてから、自嘲するように笑った。

「あの頃は本当に、顔色が悪かったとか、疲れているように見えたとか、五代さんに言われて……本当に色々、心配させてしまっていましたね」

「それがどうってわけじゃないけど。つまり発見というよりは、変化ってことかな？」

「真に受けるのも恥ずかしいですけど、そうなんだと思います」

そう言って夜空を見上げて、木下は笑った。

「恥ずかしいのは確かなんですけど……でも良い変化があったのなら……ぁ」

ぽつりと小さな呟《つぶや》きは相変わらず響く。何かを思いついたような、そんな零し方。

どうしたのかと彼女を見れば、木下はちらっと俺を窺《うかが》うように見て。

「木下？」

「……いえ。きっかけに、心当たりが一つ」

「へえ。聞いても？」

「あ……」

最近の変化、その理由。

俺に向き直った木下は、珍しくいたずらっぽく微笑《ほほえ》んでちろっと舌を出した。

「秘密ですっ」

——何をしたら、女の子は綺麗に、可愛《かわい》くなるのか。

その答えを俺が知ることになるのは、もう少しだけ先のことだった。

†

——やられた。

楽しい球技大会練習の翌日のことだ。

昼休みに放送室に入った俺を待っていたのは、化学教師の大貫《おおぬき》先生であった。

「あらぁ。ふふふふふ、雑賀くんがお休みって聞いて残念だったケド……まさか、五代くんが来てくれるなんてぇ……嬉《うれ》しいわぁ……」

雑賀に、今日のお昼の放送のパーソナリティを代わってくれと頼まれて、頷いたのが運の尽き。

おい昨日と今日で落差が激しすぎるだろ。木下と二人だった翌日が大貫先生と二人きりってお前。そんなことある？

「え、ええ……今日は、宜《よろ》しくお願いします」

努めて笑顔を向けながら、狭い放送室に充満するキツい香水の臭いに全てを悟った。

雑賀《さいか》め、これが嫌で俺に押し付けたな……⁉

うちの高校の昼放送は、放送部の打診を受けた生徒がパーソナリティを務め、監視ないし監督役として先生が持ち回りで放送室に詰めている。

放送部員がパーソナリティを務めるとも限らない、というのは面白いところだが、基本的には人気者が身内のノリで笑いを取るため、俺は興味が無かった。

「えっと、大貫先生。今日はどういうテーマなんですか？」

「そうねぇ……」

すすす、とパイプ椅子を俺に近づけてくる教師。クソ、昨日と今日で隣に座る人間の落差が激しすぎる。どうせ隣に座るなら木下が良いです！　恩を盾に言うこと聞かせてるみたいになるから絶対本人には言わないけども！　あいつの横顔見てたいです！

「ふふ、照れなくていいのよ。手取り足取り教えてあげるからぁ」

「は、はは。ありがとうございます。どうか端的に……」

太腿《ふともも》を摩《さす》るな。おい。

「ほら、明日《あした》球技大会じゃない？　だから意気込みとか、質問とかぁ……そういうのを放送部が集めてきてるからぁ……一個一個、五代《ごだい》くんが優しく答えてあげて？」

「なるほど。分かりました。さくさく行きましょう」

呼吸するたびに肺に充満する香水の臭いがマジでキツいのでね。鼻も痛い。

はあ……とにかく心穏やかに行こう。

静かに放送のスイッチをオンにして、俺は口を開いた。

『お昼の放送を始めます。今日は二年五組雑賀尚道《なおみち》に代わり、同じ二年五組の五代涼真《りょうま》がお届けします。どうぞよろしく』

「ああ、ゞゞおぁ」

鼻に抜ける艶声を出そうとしてアザラシみたいになってるぞ先生。

『雑賀を楽しみにしていた人には申し訳ないが、俺なりに頑張らせて貰《もら》うよ。さて、明日は球技大会ということで、色々と面白いお便りが届いているらしい。放送部の巻田《まきた》さん、報告ありがとう。それじゃあ最初の一枚は——ふむ。きのこ派のKさんから』

わー、とか、きゃー、とか外から聞こえてくる。歓声か悲鳴か分かりづらいが、雑賀宛に送った手紙が俺に読まれることへの拒絶とかでなければいいな。

まあ、もし文句だったら悪いが雑賀に言ってくれ。俺も雑賀に文句はある。

『さて、きのこ派のKさんのお手紙を読み上げていこうか』

【二年目の球技大会も楽しみ！　一年生も楽しんでほしいし、三年生も最後の球技大会を充実させてほしいです！】

『へえ、二年生なんだね。俺もこの人と同意見だな。みんなに楽しんでほしい。一年生にとっては、運動系のイベントはこれが初めてだろうしね。じゃあ手紙、続き読みます』

【本題なんだけど、最近好きな人がぽっと出の女にうつつを抜かしているので、ここでバシッと奪い返しに行こうと思うの。パーソナリティ、背中押しなさい！！】

『彼氏ならとんでもない話だけど、好きな人ってことは恋人ってわけではないのかな？　それにしては奪い返すって言ってるな……いや、どちらにしてもキミのやろうとしていることは応援できるから、頑張ってほしいね。きのこ派のKさん、頑張ってね』

青春真っただ中、って感じだな。とはいえ、こういう投稿をしてくるってことは、青春を楽しんでいる人なんだろう。

『じゃあ、次のお手紙行こうか。差出人は……ちょっと、こんなことある？　たけのこ派のKさんからのお手紙です。さっきのと合わせてこいつら絶対相容《あいい》れないだろ。放送部の巻田さん、面白い手紙ってこういうこと？？？』

廊下から少し笑い声が聞こえてきた。盛り上がってるのは救いだが。

【初めて投稿させていただきます。たけのこ派のKと申します。今回は球技大会がテーマということで、皆さんと共に楽しめることを、とても嬉しく思っています】

『だいぶ丁寧な投稿文だけど……初投稿でラジオネームがこれなの奇跡か？　いや、ひょっとしてきのこ派のKさんは常連で、たけのこ派のKさんが真っ向から喧嘩《けんか》売ってるのか？　ごめんね、事前知識がなくて申し訳ない。まだまだな、俺も。えーっと』

【ある人に負けたくありません】

……ある人ってきのこ派のKさんだろこれ。違うのか？　ひょっとしてきみがきのこ派のKさんの言うところのぽっと出の女じゃないのか？

【球技大会の練習も頑張って積み重ねてきました。球技大会で勝つのが正しいのかは少し分かりませんけれど、でも、負けたくはないんです。がんばります】

『なるほど、難しいが……その負けたくない人とたけのこ派のKさんのクラスが戦うなら、勝つことに意味はあると思うよ。俺の中で、ある人＝きのこ派のKさん説が物凄《ものすご》いノイズとして頭に残り続けてしまっているので、そこは違ったら申し訳ないんだけど』

背中を押しなさいと言ったきのこ派のKさんと違って、たけのこ派のKさんの手紙には、パーソナリティにどうして欲しいみたいなことは書いていない。

でも何かしら反応を返すべきだろうと思って、考える。

『少し気になるのは、たけのこ派のKさん自身が球技大会での勝利にあまり価値を見出《みいだ》せてなさそうなところかな。もしかしたらきみの中では既に別のゴールや別の競技があって、そっちで勝ったり、目的を果たしたりすることに意味があると思ってないだろうか』

だから、そうだな……。

『球技大会は楽しいし、真剣にやる方がもちろん良いけれど、きみの本当の目的がなんなのかを考えてみるのがいいかもしれない。……それがきのこ派のKさんの好きな人と被《かぶ》ってないことを切に祈るが……。えーっと、うん。きのこ派のKさんとたけのこ派のKさんがぶつかり合う運命に居ないことを祈るよ。マジで。二人とも頑張ってほしいね』

これで良かっただろうか。パーソナリティ、難しいな……こうして誰も居ないところで話す練習は少ししておくべきだな、今後のためにも。

「素敵だったわよ、五代くん……」

誰もいないところね。誰もいないところ。

負けたくないとか、どうでもいい

『えーっと、うん。きのこ派のKさんとたけのこ派のKさんがぶつかり合う運命に居ないことを祈るよ。マジで。二人とも頑張ってほしいね』

よく知っている声が響き渡る廊下で、如月亜衣梨《きさらぎあいり》は顔を覆った。

「なんで尚道じゃないっていうか、よりによって涼真に代わってんのよパーソナリティ」

呻《うめ》くように呟くのは、亜衣梨自身が〝きのこ派のK〟である証明だった。

亜衣梨をそうだと知る者は決して多くはないが、流石《さすが》は有名人というべきか、亜衣梨なのではないかという噂《うわさ》レベルの話であれば広く浸透している。

お昼の放送に投書する常連〝きのこ派のK〟。

亜衣梨が否定も肯定もしないのがまた拍車をかけた。彼女のスタンスとしては、匿名投稿のはがきに人物特定などご法度《はっと》だろうと、そういう発想なのだが……人間の好奇心というのは、特に思春期の少年少女ともなると歯止めの利《き》かないものなのだろう。

「ってーかたけのこ派のKって誰よ。あたしに喧嘩売ってんのか」

ふんす、と鼻を鳴らして腕を組む亜衣梨。殆《ほとん》ど誰も通らない、化学準備室前の廊下で——ばったり人と出くわしたのはその時だった。

「あ」

「……ぁ」

教科書を抱きかかえるようにして、しずしずと歩みを進めていた少女の方も、亜衣梨の存在に気が付いて顔を上げた。

亜衣梨の表情が露骨に歪《ゆが》み、少女の方もまた小さく溜《た》め息を吐いた。

「なによその溜め息」

「別になんでもありません」

そう言って横を素通りしようとする彼女を、亜衣梨は呼び止める。

「待ちなさいよ」

「……どうしてですか？　別にあなたは校則に違反しているわけではありませんし、わたしから話すことは何もないんですけど」

「違反……違反ね。そういえばあんた風紀委員だっけ。小うるさい風紀委員が居るとかなんとか聞いてたけど、最近はそうでもないみたいね」

「ええ、まあ。色々あって」

緩い微笑みは、小うるさい風紀委員に似つかわしくない余裕を感じさせた。色々に含まれる多くの思い出を大事そうに抱える少女の笑みに、亜衣梨はわずかに片眉を上げた。

「ならこちらも……聞いてもいいですか、如月さん」

「なによ」

すっと目を細めた少女と向き合って、亜衣梨も睨《にら》むように視線を返す。

少女は少し考えてから、呟《つぶや》くように言った。

「マナー違反だとは思いますが……好きな人を奪い返すとか」

「なっ……」

確かに特定行為はマナー違反だ、などと少女に同意する余裕はない。

「五代さんに投書した〝きのこ派のK〟さん、どう考えても如月さんですよね」

「りょ、涼真に直接ぶつける気なんか無かったんだから！！」

「えっ……知らなかったんですか、今日が五代さんだって」

「知らなかったわよ！　ていうかなんでむしろあんたこそ知ってんのよ！」

「雑賀さんが『涼真に押し付けた』などと聞き捨てならない台詞《せりふ》を言っていたので、なんのことか聞いて、お昼休みが楽しみになったのでお手紙を出しました」

「あっそ……ん？？？」

お手紙を出しました？？

「――た、たけのこ派のK！！！」

思わずまっすぐ指をさす亜衣梨だった。

さされた少女は目が据わっていた。

「人を指でささないでください」

「え、あ、はい。ごめんなさい。……じゃなくて！　それならあんただって匿名のコメント探るようなことしないでよ！」

目が据わっていた少女、もといたけのこ派のK、もとい木下《きのした》みなみはわたわたしだした。

「で、ですからマナー違反とは思いますが、って言ったじゃないですか！」

「それで免罪符になると思うワケ⁉」

「だ、だって！」

ぱっと顔を上げて、みなみは言う。

「ただの野次馬ならいざ知らず、あなたの手紙に出演してますよね⁉　わたしが！」

「ぐっ……そ、そうよ、ぽっと出の女」

「ほらぁ！　当事者ですからぎりぎりセーフです！　それにわたしの扱いひどすぎると思うんですけど。ぽっと出じゃないです。ちゃんと一年生から同じ学年に居ます」

「ぽっと出の論点そこじゃねーのよ」

はあ、と亜衣梨は嘆息して、腕を組んだ。

「あたしが〝きのこ派のK〟だからなんなのよ」

そう言うと、みなみは少し躊躇《ため》ったように目を伏せる。ただ、聞きたい気持ちが躊躇いに勝ったのだろう。むりくり口を動かして、亜衣梨に問うた。

「……好きな人って言いました」

「……だからなによ」

「なら、どうして」

きゅっと、持っていた教科書を抱きしめるみなみ。

どうして、に続く言葉に、亜衣梨も察しがついた。

素直に聞くのは怖いのだろう。見たくない現実がそこにあるかもしれないから。

あるいは、この少女に良心というものがあるのなら、亜衣梨をいたずらに傷つけたいわけではない、というのもあるだろうか。

どちらでもいい話だと、亜衣梨は首を振った。

「付き合ってないし、告白もしてない。あんたにちょっかいかけられてるのは普通に嫌だからあんたのことは嫌いだけど、あたしにはあたしの都合があるのよ。どーせ涼真《りょうま》はハナから、あたしが涼真のこと好きだなんて絶対思わないだろうし」

「……それは、どうして」

思わずといったふうに零《こぼ》れたみなみの問いかけ。しかし亜衣梨は緩く首を振って、明確な拒絶の意志とともにゆっくりと口を開いた。

「あたしの大事な思い出を、あんたに言う理由がないわ」

ひらひらと手を払うと、食い下がるかと思いきや、みなみは素直に頷《うなず》く。

「ごめんなさい。確かにそうですね。わたしにとってもあなたは、大事な思い出を話すような相手じゃありませんし」

「……そういうとこ似てんのがいっそうムカつくんだけど」

そういうとこ。思い出を大事にしてるとこ。自分だけの思い出だと思ってるとこ。

単に、みなみもみなみの抱える大事な思い出があり、それを亜衣梨に言う筋合いがないから納得した、というだけの話だった。

「別に、あんたの全てを否定して、とことん居場所をなくして、涼真に手ぇ出したことを死ぬほど後悔させてやろう……なんて思ってるわけじゃないけど」

「出来ない、とは言わないんですね？」

「やろうと思えばね？　あたし、社会的地位高いし。やりたいかどうかは別なだけ」

「そうですか。素直なところは尊敬します」

「どうでもいいわ。その力で涼真は手に入んないし」

さらっとみなみの敬意を亜衣梨が払いのければ。

「そうですね」

みなみもみなみであっさりと、亜衣梨の言葉を肯定した。

それがまた、亜衣梨にとっては面白くない。自分が排斥されようが構わない、といった素振りもそうだが、涼真のことを当たり前のように理解しているような顔がだ。

廊下の手すりに両腕を預けて、ぼんやり窓の外を眺める亜衣梨。人気《ひとけ》がないだけあって景観は最悪で、うっそうとした木々にほんの僅かな木漏れ日しかないけれど。

「ぶっちゃけあたしって小学校の頃からモテてたし、可愛《かわい》いのは分かってた。だから高校入って最初に涼真が話しかけてきた時も、単に恋愛目当てだと思ったわ」

「……えっと」

「聞きたいんでしょ、たけのこ派のKさん。主に、どうしたらあたしに邪魔されないか」

「……そういう、わけでは」

「あんただって涼真が話しかけてきた時、体目当てだと思ったんじゃないの？」

「そ、そんな風に思い上がれるような人間じゃありませんが⁉」

「そう……？」

みなみを上から下まで眺めて亜衣梨は首を傾《かし》げた。丁寧に整えられた、艶のある黒髪。

結ぶリボンも可愛らしく、みなみの素朴な小顔を清楚《せいそ》で純朴な印象に引き立てている。少し吊《つ》り目気味の瞳は、くりっと大きくてまつ毛も長い。

小鼻に小口。一文字に引き締められたその小さな口はなんだか妙に強い意志を感じるし、頬は血色もよく柔らかそうだ。眉もずいぶんきれいに整えられていて、制服もしわ一つない。体格がいいとこ中学生くらいなだけだ。足も細いし健康的な白さをしている。

「……よく見ると結構可愛いし、過度な謙遜は嫌われるわよ」

「……謙遜じゃないですよ。最近、色々気を遣うようになっただけです」

みなみは首をふって、そっと自分の髪を撫《な》でた。

亜衣梨も納得する。素材はともかく、亜衣梨が可愛いと思うほど魅力的になったのはアイツのせいか、と。

「まあどうでもいいわ。今はあたしがあんたのこと嫌いな理由をぶつけたいだけだし」

「えぇ……？」

「恋愛目当てかと思ったら違った。涼真に絡《から》まれるまで、高校入ってすぐに何度もコクられたりしたから余計にそう思ったわ。あたし、恋愛どころじゃない状況だったんだけど」

目を閉じて、思い出す。薄い笑みを浮かべたイケメンに絡まれて、これもう絶対ナンパだと思って、出鼻をくじいてやろうと思って告げた一言。

『あんたもあたしと付き合いたいの？』

彼は少しも動揺した様子もなく、さらっと返した。

『いや別に。それより如月《きさらぎ》だっけ。大丈夫？』

思い出して、吹き出した。あの時の自分の勘違いっぷりも、少しも動じないバカも。

あれからの半年間は、本当に幸せで——と思い返して、ちらっとみなみに目をやった。

彼女はわずかに不愉快そうな表情で亜衣梨《あいり》を見ていて、少し溜飲《りゅういん》が下がる。

「だから言ってたでしょ。似てんのよ」

「……それで、何が言いたいんですか」

「分からない？　今のこの感じを見て、何も分からない？　本当に？」

「えっと……すみません」

「そ」

亜衣梨は、冷めた表情でみなみを見やった。

似ている似ていると口では言ったが、似ていないところも多い。

それはたとえば、みなみは男に言い寄られたこともなさそうな純心な少女であること。

それはたとえば、人から優しさを感じることも稀《まれ》な少女であったということ。

それはたとえば、自分と同じ経験を、〝まだ〟していないこと。

「じゃあ仕方ないから教えてあげるわ。大好きな涼真の隣に居られるだけで幸せいっぱいな、恋愛初心者のみなみちゃんに」

「な、なんですかその言い方！」

可愛くむくれるみなみのことを、少し羨ましくも思いながら亜衣梨は言った。

「別に涼真は、恋心で優しくしてくれてるわけじゃない」

「――え？」

一瞬みなみは、何を当たり前のことを、と思った。

そんな風に思い上がったつもりはない。

頭の中をぐるぐると駆け巡る謎を追いかけるみなみを見つめて、亜衣梨は目を閉じた。

みなみには分からないだろうが、亜衣梨は思うのだ。

最初から下心で優しくしてくれた方がマシだった。涼真がもっと、単に可愛い自分に魅了されて寄ってきた男なら良かった。

だって。

「あいつはね。なんだかんだ口では言うけど、困ってる人を見てられないって、その無駄に高いスペック全部使って助けてくれるのよ」

「そ、それは、はい」

「それでね」

髪をかき上げ、達観したように亜衣梨は呟《つぶや》いた。

「もう一人で大丈夫って思ったら『よしっ!』って指さし確認して、さっと離れていく」

みなみが目を見開く。今は、みなみのことを見てくれているけれど。

それは今だけの甘い毒だ。

儚《はかな》い笑みを浮かべて、亜衣梨は、自分と重ねた女を見据えて言った。

「それとも……あいつが、あんた《あたし》のことを好きになって……これからもずっと一緒に居てくれると思った?」

「……ぁ」

吐息のように零れ落ちる心。すとんと腑《ふ》に落ちた現実。

大好きな人の隣に居て、幸せいっぱい。亜衣梨の言う通り、それしか考えていなかった恋愛初心者は、初めて顔を上げて道の先を見た。

はっきりと分かたれた岐路が目の前。

「そう、ですね」

感情の名は、単なる納得だった。

五代《ごだい》涼真が、自分のような路傍の石を好きになってくれるはずがない。

どんなに自分が大好きでも、相手がこちらを向いてくれなければ意味がない。

いつも自分を見てくれていた笑顔は、決して恋心からなるものではなくて。

今は友人として付き合ってくれているだけ。それだけでも他の人とは違う特別扱いだからと舞い上がって。

「……あれ」

そっと、ぎゅっと教科書ごと自分の痛む胸を抱きしめた。

痛かった。ずきずきと、心が悲鳴を上げていた。

「やだ……わたし」

痛いから嫌なんじゃない。

——どうして、傷ついているの？　木下《きのした》みなみ如《ごと》きが、どうして傷ついているの？

自問自答。自分如きが、まさか、一緒になれると期待していたのか？

そこまで浅ましい人間だったのか？

最初から釣り合うわけがないではないか。

「はぁ……泣くまでいかれると、やっぱりちょっと罪悪感」

「な、泣いてなんか」

「浮ついた気持ちで調子に乗ってるだけの女ならごろごろ居たし。確かに、そいつらとあ

んたは少し違うとは思ってたけど」

「……」

「なんの慰めにもならないけど、あたしとあんた、何も変わらないから」

「っ……」

何も変わらない。それはつまり、如月亜衣梨でもあの人を捕まえられなかったということで。だとしたらより残酷だ。

如月亜衣梨にできないことが、木下みなみに出来るはずがないではないか。

「……失礼、します」

頭を下げて、背を向けた。

少女の小さな背中を、現実《あいり》が少しだけ寂しそうな顔で見つめていた。

†

今一番会いたくない人は、お昼休みの終わりに笑顔を向けてきた。

「あれ、木下」

教室の入り口でばったり。無視なんてしたくない。なのに喉奥が引きつって声が出なかった。かろうじて上げた視界に飛び込んでくる表情はいつも通り優しくて、その笑顔を向けられる権利が期間限定であることに、引き絞られるような胸の痛み。

その痛みを感じることすら、贅沢《ぜいたく》だと分かっているのに。

必死に己に投げかける「身の程知らず」「恩知らず」「勘違い女」の痛罵は、ただいたずらに心を自傷するだけで根本の病気を治してくれる気配もなかった。

なのに。そんなみなみを覗《のぞ》き込む好きな人は、今一番欲しくない言葉を、優しさに乗せてそっと紡《つむ》ぐのだ。

「どうした？　少し調子悪そうに見えるけど、大丈夫か？」

「っ……」

本屋で声をかけてくれて、今の関係が始まった時と同じように差し伸べられる手。

それが今は、どうしようもなくつらい。

特に……目の前の人は、決して何も悪くないというところが。

「心配、しないでください」

かろうじて絞り出した言葉がそれだった。

訝《いぶか》しむようにみなみの顔を見ようとする涼真《りょうま》から、身体《からだ》ごと捻《ひね》ってそっぽを向いた。

「ごめんなさい」

ふいにこぼれた言葉は、単なる本心。こんなことがしたいわけじゃない。ないのに。

でも、今の自分とこの人の関係はなんだ。

振り返れば突き刺さる、『恋愛初心者』という亜衣梨の一言。

大好きな人についていって、幸せいっぱい。

相手のことを、少しでも考えていただろうか。

「わたしが、愚かだったんです」

「木下……？」

「ごめんなさい、それでは」

ぺこりと一礼して、みなみは教室に逃げ込んだ。

授業さえ始まってしまえば干渉はない。だからといって、ここからどうしたいのかなんて考えていないけれど。とにかく今は、涼真から離れたかった。

これ以上好きな人に、勘違いしたバカ女を見られたくなかった。

拒絶の意志を見せつけて去っていったみなみを見届けて、涼真は僅かに目を細めた。

ひょっこりと顔を出すのは、いつもの悪友。

「——あれ、涼真。どうしたよ。木下チャンにフラれた？　ようやくいつものパターンか？　おせっかいがすぎて遠ざけられた、とか？」

「おしゃべりが過ぎるな、お前は」

静かに雑賀《さいか》を睨《にら》んで、涼真は首を振った。

みなみの小さな背中を見つめながら、涼真はいつもの言葉を唱える。

五代涼真は完璧な男。

であるならば。

たとえいつも通り善意が余計なお世話になって、後悔の残る拒絶があったとしても。

「フラれて、干渉を拒まれる結果が残ったとしても、それは木下が笑えた時だ」

涼真の手を離れ、文句と離縁をセットで叩《たた》きつけていった者たちは皆、涼真の手によって幸せな未来を手に入れていた。それを自分の成果だと誤認したり、幸せな結果を不満交じりに受け取ったり、一人でもできたと嘯《うそぶ》いたりしていただけで。

でも、今の木下は違うからと言う涼真に、雑賀は冷めた瞳を向けた。

「……だからお前は、学習しねえバカなんだろ」

「治そうとは、いつも思ってるんだけどな……ただ、まあ」

うん、と小さく頷《うなず》いて、涼真は諦めたように笑った。

「今回もまた、やりすぎるかもしれない」

木下みなみの色彩未来

鉄の扉が重い音を立てて開いた。

狭い玄関に靴を脱ぎ捨てて、よろよろとテーブルの脇を抜け、自分の部屋へと歩みを進める。もう外は暗くなり始めているのに、明かりをつけることすら億劫《おっくう》だった。

ぼす、と制服のままベッドにうつ伏せに倒れ込む。

「……なに、やってるんだろ」

嗚咽《おえつ》交じりの呟きに反応する者などおらず、ただただ無機質な壁に反響するだけ。

逃げるように帰ってきた。あんなによくしてくれた人を、振り払うように。

「こんなやつ、嫌われちゃえばいい。恩知らずの愚か者。身の程知らずの夢なんか見て……勝手に勘違いして、浮かれて。助けられただけの、分際で」

たまに鳴るLINEはきっと、初めてできた友達グループのもの。

返事をしなきゃと思っているのに、身体がうまく動かなかった。

「なにを、舞い上がってたの……ばかみたい……」

開けっ放しの部屋のドアの先には、自分が帰ってきた玄関の鉄扉《てっぴ》が見える。

たとえ家の中が冷え切っていても、扉の先が色づいていた。――でもそれも全部、もらいものでしかない。全部全部もらっておいて、施してくれた相手が少し自分のことを気に入ってくれたからと調子に乗った。

隣に居られると勘違いした。

「気づけて良かったんだ。きっと」

枕に顔をうずめて、呟いた。相変わらず何の音もしない部屋に、その言葉も響いた。

気づけて良かった。勘違いしていたことに。

気づけて良かった。直接別れを告げられる前に。

気づけて良かった。鬱陶しいなと、思われる前に。

それとも、もう思われてしまっていたのだろうか。そうだとしてもきっとあの人は、少しも表に出さずに笑ってくれるだろうから。

『木下』

「ぅう……ぁ」

少し考えるだけで、声が聞こえる。耳に直接響く幸せな音。

ただ呼ばれるだけでこんなにも心が満たされていたなんて。

それを失おうとしている今だから、余計に胸がかき乱される。

「嫌われてしまえばいい。わたしなんか。わたし、なんか……」

スマートフォンに手を伸ばした。LINEは相変わらず賑《にぎ》やかだ。
友だちリストは多くない。すぐにその人の名前は見つけられる。
名前をタップすれば、幾つかの選択肢が現れた。
未練がましくトーク画面を開こうとして、凍り付く。
メッセージを送るか、電話をするか……ブロック、するか。
ブロックなんて機能を考えたことも使ったこともなかった。もしそんなことをしたら
――否、されたとしたら。自分は、どうなってしまうんだろう。
そんなことを思った時だった。
「――え？」
ぴこん、と一通のメッセージ。差出人は、想定とは全く違う人。
トーク画面を開くと、実に二か月ぶり。
お母さん：今から帰ります。おうちにいる？
「なんで……」
わざわざ帰ることを連絡するなんて、しばらく無かった。

冷え切った家の中を思わず見渡す。

母親と口を利《き》いたことすら、いつ以来だろう。

「な、なんて返そう」

しばらく悩んで、たった一言だけ返しておいた。

みなみ：いる

これだけのことに、どれだけ精神を疲弊させたのか。

「は――――」

大きく息を吐いて、スマートフォンを投げ出した。

「……」

寝返りを打って、思い返すのはしばらく前のやり取り。

高校生になってからは喧嘩《けんか》ばかりだった。

涼真の家と同じく片親。しかしみなみの家の場合は、両親の不仲が原因での離婚だった。

別に、父親について行きたかっただとか、離婚そのものに対する不満は無い。

ほとんど物心つく前の話だ。

ただ、手に職つけていたわけでもない母が一人で自分を育てていることは知っていた。人一人を養うことがどれだけ大変なのか、体感したわけではないけれど。それでもみなみは、母親に感謝していたし、ちゃんと育てて良かった娘になりたいと思っていた。まじめに頑張る性格はきっとそこからだ。

成績も努力の積み重ね。良い公立高校に入れたのだって頑張ったから。

ただ、母から出る言葉はいつも努力の報酬にはならなかった。

『友達できた？』『学校楽しい？』『遊んでもいいのよ？』

いつも頑張っている母親に、心配をかけないように生きてきたつもりだった。疲れた顔で私立高校でも良いと言ってくれた母親に、できることで返したつもりだった。

なのに、頑張って出した成績に対して、返ってくる言葉は『そんなことより』で。続く言葉はさっきの、努力に関係のないものだ。

喧嘩になった。

したくもないのに、しつこく学校生活の〝楽しさ〟ばかりを聞かれて煩《うるさ》いと振り払った。

きっと――涼真が言うところの、みなみの焦《あせ》りが見え始めたのはその頃からだ。

休みの日はバイトをした。友達と遊びに行くといって初めて嘘《うそ》を吐いて。

受け取って貰《もら》えないと分かっているから、そのお金は貯《た》めてある。いつか、自分の学費と言って突き出してやるつもりで。

そんな攻撃的な発想で嘘を吐いて頑張って、自分が間違っているのではないかと思いながら突き進んでいたあの頃のみなみは——五代涼真《おせっかい男》からすれば不安定に見えたのだ。

「……あ」

鍵の開く音がした。

「ただいま！！」

本当に久々に聞く、帰りの挨拶だった。

仲直りをしようということなのか、どうなのか。

反応が怖くて、みなみはおそるおそる部屋から黙って顔を出した。

「居たのね、みなみ。まだお夕飯の準備もしてないでしょう？　お弁当貰ってきたから」

「あ……うん……」

気もそぞろに頷くみなみを置いて、鼻歌まじりで手を洗い、電子レンジに弁当屋の弁当を突っ込んでいく母は随分とご機嫌だ。

黙っているのも怖くなって、みなみは口を開いた。

「あの、お母さん」

「んー？　ってちょっとあんたまだ制服じゃない！　ベッドに居たの？　皺《しわ》になっちゃっ

て、もーあとが大変よー？」

「いいよべつに……自分でやれるし……」

「そういう問題じゃないでしょ、まあでもそこに置いておきなさい。わたしがやっておいてあげるから！」

「……できるの？」

「失礼ね、みなみに教えたのはわたしでしょうが」

「そっか……そうだね」

そんなことも、忘れていた。

服の皺の伸ばし方も、取れたボタンの付け方も。得意だと言った料理も、最初は母に教えてもらったもの。忘れるくらい、ずっと一人でやっていた。

きっと、脱ぎっぱなしで放っておけば、母はみなみの分まで洗濯も料理もやってくれただろう。喧嘩しているのに頼るのが嫌で、何から何まで意地で自分でしていただけ。

色んなことを思い出して、久しぶりの会話に困惑して。

怒りの熱は長続きしない。意地の張り合いが続いていただけだということもあって、みなみの内心にあるのは「もう喧嘩にならなければいいな」という淡い希望。

ただ思うこととは裏腹に、口を突いて出るのは一番の疑念。

「……機嫌、いいね。どうしたの」

「ふふふふふ」

「……お母さん？」

お弁当を取り出す母は、みなみの顔を見て意味ありげに笑うだけ。

そんなリアクションをされても困るだけだ。棒立ちのままのみなみをよそに、温め終わった弁当をテーブルに並べる母は笑った。

「パートの最中に来たみなみの友達に、色々聞いたの！」

「えっ……誰……」

「制服だからすぐに気づいたのよ。からあげ弁当二つ買ってったわよ」

「それだけじゃ分かるわけないでしょ！」

「あらほんと？　ほんとに分からないの？　それならそれで、やるわねみなみ」

「だからどういうこと⁉」

からかう声が随分と明るいのはきっと、学校の様子を色々聞きだそうとしていた頃からしたかった会話の類だから。

楽しそうな笑みと一緒に、母は言った。

「男子の友達がたくさんいるってことでしょ？　心当たり多すぎ？　罪な女してるのね」

「……男、子？」

「そ。同じ高校の」

「……………………ぁ」

そんな人に心当たりなんて、一つしかなかった。

「ちょうどお客さん他に誰も居なかったから、パート中だったけどつい色々聞いちゃったのよ。京調高校《けいちょう》の二年生でしょ？　って。随分かっこいい子だったし」

「……うん」

「そしたらみなみのこと知ってるんだもの。みなみ、学校でも凄《すご》く楽しそうだって言うんだもん、みなみの口からも聞きたかったのにー！」

「……うん、そうだね」

からかいついでにつつかれて、みなみはされるがままに頷《うなず》いた。

零《こぼ》れそうになる涙を堪《こら》えながら、胸の内にじんわりとしみこんでいく熱を耐えて。

「みなみに謝らなきゃって、ずっと思ってたんだけど」

「え……？」

何をされるのか、一瞬分からなかった。ただ、包み込むような温《ぬく》もりに、自分が抱きしめられていることに気付いた。

「お、母さん？」

「ごめんね。わたしはただ、みなみに普通の女の子で居てほしかっただけ。苦労している家だから自分の時間とかお金とかを我慢しても仕方ないなんて、そんなことを当たり前にしてほしくなかったの。わたしは、高校生活がとっても楽しかったから」

「……おかあさん」

ぎゅっと、思わず抱きしめ返してしまった。

久しぶりに感じる温かさ。家の中で、一番親しいはずの人とろくに話せなかった過去。

「怒られちゃったの、わたし」

「へ……？」

ぽつりとつぶやいて、母は目を閉じてみなみの頭をぎゅっと自分に押し付けた。

思い起こすのは、その青年との会話。

『みなみの友達になってくれて、ありがとね！　お弁当サービスしちゃおうかしら』

『ああいえ、お構いなく。……でも、そうですね。一つだけ、良いでしょうか』

『あら、なあに？』

『みなみさんには助けられたので……お母さんにも、みなみさんが頑張っていることは、認めてあげてほしいんです。少しだけ……寂しそうだったので』

その時の優しい青年の微笑《ほほえ》みを静かに想起して顔をあげれば、そこには困惑した顔の愛《まな》娘《むすめ》が居る。しばらくまともに見ていなかった分、随分成長したようにも感じられて。

「……みなみが頑張ってるのは、認めてあげてほしいって。あなたに勉強でお世話になったからって、そう言ってたから」

「……ぁ」

「本当にごめんね。頑張ってるのは知ってたの。知ってたけど、それは学校で大事なことじゃないって思っちゃってたから。それより十代を楽しんでほしいってばっかりで。わたしがみなみに、押し付けてばっかりだったね。ごめんね」

「……う、ぁぁ……」

欲しかった言葉は、全部そこにあった。

頑張っていたことを認めてくれた。どうしてすれ違ってしまったのかを知れた。どうして母がみなみの持っていないものを求めていたのかも分かった。

苦いもの、つらいもの、苦しいもの。全部が全部、溶けて消えた。

「もう、いつまで経《た》っても泣き虫なんだから」

「ごめん……ごめんね、お母さん……」

「あなたが謝ることなんて、何もないわ」

強く、強く抱きしめられて。母の肩越しに見える部屋に、みなみは潤んだ目を見開く。

「──っ」

玄関を出れば色鮮やかな世界だった。そう思っていた。でも、気づけばこの家の中もまた、きちんと一つ一つが色づいて見えて。

「……お母さん、あのね」

「ん？」

すん、と鼻を鳴らしたみなみの小さな一言。先ほどまではどんな言葉もただ響くだけだった部屋に、こんな小声でも反応がある──ただそれだけでも嬉《うれ》しくて。

その一つ一つの胸の温まる幸せの欠片《かけら》が、どうして手に入ったのかを考えるだけで……言わずにいられなかった。

どうしていいか、一人では分からなかった。友達の誰にも相談できなかった。

「友だちが、できたの。……初めて」

「……そう」

「学校で、お話ができたの」

「そう」

「誘われて、初めて誰かと一緒に勉強した」

「そう」

母の相槌《あいづち》は優しかった。

言葉を紡《つむ》ぐたび苦しくなる胸を、その声が和らげてくれた。

「楽しかった……」

「そうね。うん、楽しいと思うわ」

「でも」

嗚咽《おえつ》交じりに顔を上げた。

口の端が引きつって、うまく口角を上げることもできない。無理やりに動かそうとするたびに表情の強張《こわば》りが邪魔をする。泣きっぱなしの真っ赤な目元は、ようやく潤んだ視界に母を捉えて訴えた。

「でも……わたし、その人に返せるものがなにもない……！」

「みなみ……」

悔しさを言葉に乗せて吐き出した。こもった感情と力は強く、母はそっとみなみの頭を撫《な》でつけて微笑む。

「友だちに、返すも返さないもないと思うけど……」

その呟《つぶや》きには、ただ首を振ることでみなみは応えた。

きっとそれだけで、みなみの気持ちが母には分かった。なんだったら、今日弁当屋で出会った彼を思い出せばそれだけで事足りた。

勉強を教えてもらったと、彼は言っていた。

初めて誰かと一緒に勉強したと、みなみは幸せそうに口にした。

ならもう、それが答えではないか。

「違うのね。友だちじゃあ、ないのね」

しばらくの沈黙。その終わりに、嗄《か》れた声でみなみは呟く。

「友だちが、良かった」

友だちなら、良かった。

大事な思い出のページをめくるうち、だんだんと見えてくる己の感情。

大好きな人と一緒に居られるだけで幸せだった。それが友だちというくくりで満足できていれば、きっとそれが一番〝正しかった〟。

友だちなら、何人いたっていい。どんな繫《つな》がりでもいい。

だけど。

「ずっと一緒に居たいのに……わたしなんかじゃ、釣り合わないの……！」

「そう、言われた？」

その母の問いにもまた、ふるふると首を振って否定した。

そんなこと、あの人が言うはずない。でもだからこそ、胸の内で思われることすら怖い。もしもあの人に好きな人ができたときほんの少しでも、邪魔だなと思われたりしたら。

「わたしもう……生きていけない……」

「ばかね」

ぽん、と。半ば小突くくらいの強さで頭に手を置いて、みなみをぎゅっと自分の胸に引き寄せて、母は薄く笑みを浮かべた。青春を楽しんでほしいとは思っていたし、恋の経験もしてほしかったけれど……自分よりもずっと重く苦しく、情熱的な学校生活らしいと。

「ねえ、みなみ」

恋した人と、釣り合わない自分。なのに求めてしまう己の慕情を止められない。

嫌われたくない。鬱陶しいとも思われたくない。離れるのが一番なのに、それだってただの恩知らず。

ならきっと、本当にほしいものは。

「その人を好きになる資格が欲しいのね」

そんなものは、無いけれど。存在しないものを欲しがるのもまた、思春期の熱だと思い返して母は笑った。

好きになる資格。好きでいていい権利。その人と釣り合う証明書。

重ねて、そんなものは存在しない。でも。

「みなみは昔から、目標を全部叶《かな》えてきたと思わない？」

「え……？」

「わたしが気付けなかっただけで、公立の学校に入るって目標も成績を良くするっていう目標も、わたしの知らないところで、自分で何かを目指して頑張ってきたんじゃない？」

「……それは」

問われて思い出すのは、母の言うところの努力の軌跡と、それから。

『自分の目的に真摯な人が、たぶん……俺は好きなんじゃないかな』

そんな——初めて幸せをかみしめた日のこと。あの日、あの人の近くに居ても良いんだと、自分で自分を認められた気がした。

たぶん、それはある種の、〝近くに居て良い資格〟なのだ。

「みなみは頑張り屋さんだから。きっと、こうするって目標さえあれば、頑張れる」

「お母さん……わたし、どうすれば」

「簡単よ」

微笑んで、涙の痕が残るみなみの頬をそっと撫でて。

「どうすれば良いかは、いっそ教えて貰《もら》いなさい。馬鹿正直に、正面から」

そして、と母は続けた。

「そして——それができたら貰えるんじゃない？　ほしいもの」

みなみの目が、見開かれる。

「……え？」

「今のあなたの目標はなに？　正直に言いなさい。友だちになること？　なにかを返すこと？　それとも今すっきりする方法？」

「違う……」

嘘《うそ》偽りのない、目標。

好きになる資格。好きでいていい権利。その人と釣り合う証明書。

それらが欲しい理由はきっと——。

「五代《ごだい》さんと一緒に居ても……大丈夫なわたしになりたい……」

呟かれたのは、磨き上げられた本心。

隣合って笑える自分。大事にされる理由のある中身。恩を授かるだけじゃない、あの人にとって必要な存在。釣り合う、相手。

それこそが、〝一緒に居ても大丈夫なわたし〟だから。

「そう。……みなみなら出来るわ。あなたは、まじめで、頑張り屋さんなんだから」

「お、母さん……」

うん、と小さく、それでいて力強く頷《うなず》いた。

母は笑って、みなみをそっと撫でて言った。

「五代くんって言うのね。覚えとこ」

「お母さん！！」

嗄れかけた声で怒鳴った。喉の奥が痛かった。

でも――久しぶりに笑い合った。

かみしめた幸せから、逃げる自分はもう終わり。

もう、泣き言も迷いもなかった。

後悔の準備は中倒れ

「やりすぎだバカが。キモいわ」

「まあ……そうだよな……自覚はある」

緩く息を吐いて見守るのは、他クラス同士の試合風景。

球技大会が始まった体育館は相応の熱気を持って盛り上がっていて、俺たちのクラスもまず一勝をもぎ取ったところだ。

館内は半分をネットで仕切ってコートが二面。

反対側では女子が試合を行っていて、向こうは向こうで姦《かしま》しかった。

ギャラリーやネット際《ぎわ》で男子のバスケを観戦している女子も数多く、リングにボールが触れる度に一喜一憂と騒がしい。

そんな中、ぼんやり観戦をしている俺の隣には雑賀《さいか》が居て、面白半分に昨日今日の話を聞いてきていた。別にいまさら雑賀相手に隠す理由もないので、俺も弁当屋に寄ったことを口にした。

雑賀が笑って言う悪口は、俺としてもごもっともだと思うばかり。

今ちょうど試合真っ最中の五組女子を眺めていると、綺麗《きれい》にスリーを決めたばかりの木下《きのした》とばっちり目が合った。さっと目を逸《そ》らされて、自陣に走っていった。

「まあ、うん。そういうことには……なるよな」

木下にもドン引かれて当然というか。雑賀の言う通りである。

「木下チャン、若干涼真《りょうま》のこと好きそうだったのにな」

「たとえどうであったにせよ……結局、いつも通りだ」

好意は持ってくれていた。俺が木下を一般的な女子として見ていられなかった以上、あの子の好意が恋愛的なソレなのか、親愛の情なのかは判別し難《にく》かったけれど。

でも、誰しもそうであったように、俺がやりすぎるせいで俺への好意は一過性だ。

分かっているさ、と自己嫌悪《じこけんお》を織り交ぜてぼんやりコートを眺めていると、ふいに隣の雑賀が呟いた。

「オレってほら、涼真のこと嫌いじゃん？」

「そうだな」

「だからまあ、普通に言うけど。流石《さすが》に女子の親のパート先特定して凸はヤベーよ」

「特定ってほどのことをしたわけでもないんだけどな」

いつか木下は、本屋帰りに弁当屋に寄ると言っていた。

別に弁当なんてどこで買おうと自由だが、帰りの電車に乗る前に弁当買うか？　なんて軽い疑問があって、そのあとで彼女が普段から自炊しているという話を聞いたから、弁当屋という情報が浮いていたというだけの話だ。

「特定だろそんなもん。そうやってさらっと言えちゃうとこが余計にやべーわ。普通なら、その女子に下心持ったストーカーの所業だわ」

「なるほど……今後の参考にさせて貰う」

「……相変わらず、余計なお世話の度合いは変わってねえってわけだな？」

小ばかにしたような雑賀の視線。

ドリブルの音と歓声が、俺とこいつの会話を誰にも聞こえないよう隠してくれた。

「……なあ、雑賀」

「んー？」

思っていたことを問う。

「お前、俺のことを余計なお世話だなんだって言うわりに、どうして今回のことも俺に押し付けようとしたんだ？」

「五代涼真が失敗するところが見たいから」

返答は随分とさらっとしたものだった。

「そこまで俺のこと嫌い？」

「まー」

雑賀はぼんやりと女子のバスケに視線をやった。釣られて見てみれば、木下と競い合うように得点を稼ぐ元気な如月《きさらぎ》の姿もある。

仲間だっつってんのにお互い睨《にら》み合ってるのは本当にどうかと思うが。

「オレさー、亜衣梨《あいり》に一目惚《ひとめぼ》れして初日にフラれてんだよね」

「……知らなかったな」

「言ったことなかったしな？」

いたずら成功、とばかりに口角を上げて、雑賀は続けた。

「こっぴどくフラれた翌日にさあ、お前となんかつるみ始めたじゃん？　……したら、最初からクソ可愛《かわい》かった亜衣梨がさ、さらにどんどん可愛くなんのよ」

「……」

シュートを決めた如月が、ドヤ顔をこっちに向けてきた。木下に鼻で笑われた。ぎゃーぎゃー言ってる。

「オレの知らない亜衣梨は、オレの知る亜衣梨よりずっと可愛くて、それって全部お前が居たからなんだよね。ぶっちゃけマジで嫉妬した」

「……へえ」

「ま、その程度の薄いリアクションだよな。そうやって〝幸せ〟になった亜衣梨を、お前はポイッと捨てたんだから」

「人聞きが悪いことを言うなよ。あいつは十分軌道に乗ったから――」

「そういうさ。下心ゼロで可愛い女の子を魅了して、欲の一つも出さずに去っていく完璧な男だから嫌いなの」

雑賀はいっそ楽しそうに挑発的に「分かる?」と笑った。

「今回のこともそう。……いやー……オレ、ほんと知らなかったわ」

「なにが?」

「――木下チャンって、超可愛いのな」

しみじみとした台詞《せりふ》は本心なのだろう。ああ、俺もそう思う。

「それはそうだな」

「そのさらっとした肯定もムカつくわー」

ははは、と笑う雑賀と一緒に見た試合。シュートが入る度に、小さく「よし」と頷いている木下は可愛かった。おさげをお団子に纏《まと》めているのも印象が違うし、やっぱり最近の木下は顔色が良《い》いからより健康的で可愛く見える。

ていうか、髪型変えるなんてことも初めてなんじゃないか?

「こんなことなら、オレが木下チャン口説けば良かったなー」

「全然そんな気無さそうな言い方だな」

「そりゃ、オレにも出来たなんて思えねえよバーカ。どうせこれも、お前だからこうなったんだ。ほんと……ムカつくよな、五代涼真って」

誉《ほ》め言葉として受け取っておこうかな、なんて。雑賀の台詞をラジオ感覚で聞きながら、立てた膝に頬杖《ほおづえ》をついて、ぼんやりと試合を眺めていた。

「なあ、涼真」

「ん？」

「このあと、どうすんだ？　木下チャンも、またポイッて捨てるのか？」

「だから人聞きが悪いことを言うな」

実際、この先どうなるかなんて俺にも分からない。当たり前だが如月と木下は違うし、きっとやりたいことや向かう先も違うだろう。

昨日の親御さんの、俺という〝友だち〟に対する喜びようを見るに、家族関係はうまくいったと思いたいが……それがどうなったかも分からないし。

ただ、もし全てがうまくいったとして、そのうえで雑賀の言うように〝キモい〟くらいやりすぎたというのなら、俺はまたやらかしたんだと反省して、次こそしくじらないようにしないとな……。

　俺に、実害はない。親父《おやじ》と違って、己の時間や身銭を切って人助けをしたわけでもない。だから、まだマシな方だ。そのはずだ。

「まあでも、そうだな。後悔する準備は出来てるよ」

「はー、キメ顔で言うことじゃねえよウザってえ」

　ひらひらと手を振る雑賀。とはいえ、そうだな。ウザいだの、キモいだの、好き勝手言ってくれはするが。思えば雑賀とは途切れることのない付き合いだ。

「なあ雑賀」

「んだよ」

　煩わし気な感情を隠そうともしない雑賀に、言う。

「俺は好きだよ。雑賀尚道《なおみち》っていう、いつも俺に本音をぶつけてくれる男が」

　そう言うと、雑賀は笑顔で中指を立てた。

「うるせえよ……次の試合も勝つぞ。オレとお前が居れば、負けるわけがねえんだから」

　同時、笛が吹かれて俺たちの試合が始まった。

　立ち上がってコートへ。

　さあ、楽しい時間にしよう。

「五組対六組、開始！」

コールとともに、試合開始。

雑賀へのロングパスが通って、軽く得点。

さくっとスティールして、速攻を仕掛けてまた得点。

雑賀のリバウンドから俺に託されたボールを、適当に取り回してクラスメイトの得点。

さらには雑賀がペイントエリアで目立ったあと、フリーの俺にパス通してきてスリー。

「おいおいオレ天才かよ」

「調子に乗るなよ雑賀。みんなのおかげだ」

「はっ、お前だって口だけだろ」

軽口を叩《たた》きながらでも、点数を上回られることはない。

チームを構成するクラスメイトたちも笑顔で、楽しくシュートを打っている。

決めたり外したり外したり、程度のバランスだが、そこは相手も同じ。

あとはもう、ディフェンスでボールを奪う、シュートを外してももう一度ボールを取る、
なんてことを繰り返していればバスケは勝てる。

練習の甲斐《かい》があって、手首の感触も良い感じだ。

「涼真ー！　ぶっ飛ばせー！！」

ネット越しに聞こえてきた如月の声援には苦笑いで応えておく。

ぶっ飛ばしたら俺が反則取られるんだよこのゲーム。

仲が良いのか悪いのか、如月の隣に居た木下《きのした》とも目が合った。

「あ……」

少し驚いたように目を丸くしてから、逸らされた。

……ま、覚悟はしてた。

今まで楽しかったよ、勉強も……バスケの練習も。

「――決めろ、雑賀《さいか》」

「言われなくてもな！！」

流石は188センチ。雑賀は俺が放り投げたボールを、摑《つか》んで直接リングに叩き込んだ。

†

「涼真と尚道は仲良いでしょ」

何言ってんの？　とばかりに如月は首を傾《かし》げた。

まあ俺もそう思ってたんだが、雑賀は俺のことが嫌いだって言うからな。

「別に、友人関係には色んな形があるだろーし？　あたしがとやかく言うことじゃないけど……涼真《りょうま》みたいな人間が〝普通〟の友だち作れるとも思えないしね」

普通の友だち、か。確かにこれまでの人生で出来たためしがないというか、続いたためしがない。如月が俺に向いてないというのなら、そうなんだろう。

「ちなみにさ、如月」

「なに？」

しゅる、と運動用に纏めていた髪を解きながら、如月は俺に目を向けた。

「お前、雑賀のことどう思う？」

「どう思うぅ？」

視線を投げた先は、体育館のギャラリーから見下ろせる館内。楽し気に男女混合の仲良しグループで音頭《おんど》を取っている雑賀は、こちらに気付いた様子はない。

ああいう、仲良い同士で集まってわいきゃいする〝普通〟の友だちは、僅かに羨ましくも思うが……向いてない、向いてないか、そうか。

「一年の頃は普通に興味なかったけど」

「けど？」

「あんたに噛《か》みついてるあいつはちょっと可愛い、くらい？」

「なるほどな」

嫌いというわけではなさそうでほっとした。

雑賀だって、如月に嫌われていたくはないだろう。こういうのもひょっとしたら、余計なお世話なんだろうか。

「なによなるほどって。あんたにとっても尚道は、まともに話してくれる数少ないヤツなんだから大事にしなさいよ」

「そういうものか」

俺の心配してくれていたのか。なんて言うと如月はまた怒るだろうが。

「俺はどっちかっていうと、如月と木下に仲良くなって欲しいもんだが。今日も隣で観戦してたし、ワンチャンない？」

「ない」

「ばっさりか」

如月が木下を追い詰めるようなことはないと思っているのだけれど、でも知り合い同士が互いに嫌い合っているのはどうにかならないものかとも思うわけで。

「……ねえ、涼真」

少しばかり思考を巡らせていると、思いつきのような呼びかけ。

ちらっと見れば、如月《きさらぎ》はギャラリーからコートに目を落としたままだった。

「どうした？」

「あたしとあの子、似てる？」

あの子というのは、木下のことだろう。どうしてそんなことを聞くのかは分からないが。

「似ているところも、あるんじゃないか？」

「……そ。まあ、そうよね」

欄干に頬杖をついて、退屈そうに毛先をいじって。何かを躊躇《ためら》うように、如月は言葉を探しているように見えた。

「俺に話せることなら、なんでも話すけど」

そう言うと、俺を一瞥《いちべつ》した如月が小ばかにしたように笑った。

「それって、あたしがちょっと迷ってるように見えるから？」

「ああ」

「……もう余計なお世話はしたくない、なんて口では言うくせに、いつまで経《た》っても他人のことばっか」

「……如月？」

如月の視線はそのまま、俺をすり抜けて奥を見ているように細められて。

それからニヤッと笑って、続けた。

「いつでも後悔してるんじゃないの？　あたしに愚痴った時と、木下に絡《から》んでる今と、何か変わったの？」

「……変わったと言いたいんだけどな。多分、変わってないんだと思う」

俺は努力の積み重ねで、多くの出来ないことを出来るようにしてきた。

だからこそ、〝見ていられない〟などという理由にもならない理由で、目指すべき目標と反対の方へ逆戻りを繰り返すのは単なる甘えだと分かっているはずだ。

もう寝ようと思っている時に、何かが気になってスマートフォンを開いてしまったりするのが愚かなように。

成績を上げようという時に、遊びの誘いを断れずに乗ってしまうのが失敗であるように。

「愚かな自覚はある。今回はしかも分かっててやらかしたし、次はどうにかしたい」

「なるほど？　じゃあ木下に手を伸ばしたのは、明確に〝失敗〟だったというわけね」

そう言われた瞬間、脳裏にフラッシュバックするのは先ほどの試合中。

声をかけてきた如月の隣、木下と目が合った瞬間逸《そ》らされたこと。

「そうだな。俺だって手を払われて傷つかないわけじゃない。自業自得《じごうじとく》だったとしても」

「はー、あっきれた。再三言ってるけど、あんたが手ぇ伸ばした人間は一人残らず幸せになってるわよ。ムカつくことに、あんたにろくに感謝もせず」

「そう思うことだけが、唯一の救いかな」

「別に思い込みの話じゃないっつーの……でもまあ、良いわ。結局あんたは変わってないし、変える努力も実を結んでない。あんたと、あんたのお父さんと何が違うの?」

「……如月」

確かに、如月には俺が父を疎《うと》んでいることも話していた。

というかきっと、彼女に話していないことなど何もない。

父親と同じだという言葉がどれほど俺に突き刺さるかは分かっているはずで、それでもなお口にしたということは、如月から見た俺は相当見ていられなかったということか。

「他人にかまけて足元を疎《おろそ》かにして、挙句誰にも助けて貰《もら》えずに破滅するような愚かは、俺は犯すつもりはない。今だって別に、親父と違って身銭を切ったりしているわけでは」

「それはあんたに切るような身銭が無いからでしょ。賭けても良いわ、あたしと同じくらいお金があったら、あんたは他人のために全部使う」

「そんなことは……」

「あんたはあんたの持ってる全部を惜しまず使ってあたしと居てくれ……居た。大人になってやれることが増えても、どうせあんたは変わらないわ」

鼻で笑って、如月は続けた。

「あんたなんか養われてるくらいがお似合いよ」

「如月」

随分な言われようだ。だが、言い返すことも出来なかった。

如月に養われるつもりはないと撥《は》ねのけるのが精いっぱいだ。

「それで、どうするの。涼真」

す、と俺のジャージのポケットを指さして、如月は問うた。

「木下のアカウント、消すの？　いつもと同じように」

「……」

俺の友だちリストは、木下ほどではないが登録が少ない。

それは交換した人数が少ないからではなく、絶縁を叩きつけられた相手のＩＤが減っていっているからだ。

確かに言われてみれば今回も、と俺がスマートフォンを取り出したところで、

――声が響いた。

「わたしのアカウントを消すって、どういうことですか」

振り返ると、そこに居た。

「木下……」

と、今度は如月がギャラリーから俺に背を向ける。

「さて、じゃああたしは引き上げるわね」

あまりにもさらっとしたリアクションへの違和感は、先ほどの俺の奥へ視線を投げた妙な感覚と繋《つな》がって、気づく。

「……どこから聞いてた？」

小さく問えば、一瞬口をつぐむ木下の代わりに如月が言った。

「だってあんた、その子に夢まで話したじゃない。ならもう隠すようなことないでしょ」

「お前……」

鼻で笑う如月は、木下に目を向けて続ける。

「──昨日はちょっと言い過ぎたから、これで貸し借り無しね」

「一応……お礼は言っておきます」

そう言って去っていく如月を、捕まえても良かったが。

さっきは目を逸らされてしまった木下が、自分から俺のところに出向いてきている。

そんな木下を置いていくこともできず、俺は彼女と向かい合った。

「……ごめんなさい。殆《ほとん》ど聞いてました」

「如月が聞かせるつもりだったっぽいし、怒りはしないよ」

ただ、聞かれたくなかったというだけで。

「そうですか……」

体育館の喧騒《けんそう》が、嫌に響いた。

「……五代《ごだい》さん」

「ん？」

優しい声色だった。

まっすぐに、木下《きのした》の瞳が俺を見つめていた。

「もし、ここで恩知らずにも、あなたに声をかけることなく今日を終えていたとしたら
……二度とまともに話もできなかったのでしょうか」

「そんなことは、ないと思うけど」

恩知らずとかも含めて、木下に非は無いのだけれど。

人間の抱く感情に、良し悪《あ》しなんてないはずだ。

しかし木下は緩く首を振って、俺の手元に視線をやった。中途半端《ちゅうとはんぱ》に取り出した状態
のスマートフォン。アカウントを消すという話を、俺も思い出す。

「木下が、俺と話をしたいかどうかわからなかったからね」

そっとスマートフォンを仕舞って改めて木下を見ると、彼女は俯《うつむ》いていた。

「……そんなに、どうしようもない人間だと思われてたんですか」

「どうしようもないだなんて――」

「だとしたら！」

ぱっと顔を上げた彼女は、俺を睨《にら》んでいた。

「あなたは、わたしに何にも期待していないってことで合ってますか⁉」

「木下……？」

「勝手です！　五代さんは！」

一歩、俺に詰め寄って。

「わたしの世界を勝手に変えて！」

また一歩。

「わたしのことを、こんなに変えて！」

また一歩。

「わたしは！」

至近距離で俺を見上げて、初めて見るような怒り顔で。

「わたしは、あなたの〝いつも〟じゃない！」

その言葉の意味が、一瞬分からなくて。俺は、少しだけ言葉に詰まった。

「わたしは、あなたがいつも助けているうちの一人でしかないなんて、嫌です！」

「……落ち着いてくれ、木下」

「これが落ち着いていられますか！」

ぎりぎり絞り出した言葉も、上書きするような木下の一喝。

「五代さんの昔のことは、今初めて知りました。でもわたしは、わたしまで〝昔〟にされたくない。いつものこと、で終わりたくない。もう……もう」

潤んだ瞳で見上げる木下。

何が言いたいのか、俺には理解できないまま。

彼女は、俺が思いもしなかったことを口にした。

「わたし、こんな状態であなたの居ないところに放り出されたら……死んじゃう……」

「木下、それは、どういう……」

「分からないんですか。分からないでしょうねっ」

とん、と弱弱しく俺の胸をその小さな拳が殴りつけた。

それが精いっぱいの抗議だと分かるよりも早く、彼女は言う。

「あなたのせいで、わたしの心はめちゃくちゃです。一度幸せを知ってしまったら、もうもとには戻らないんですよ」

きゅっとその唇を噛《か》んで、うつむいて。過去を思い出すように目を閉じて、それから強く首を振った。いやだ、と赤子が泣くかのように。

「あなたに声を掛けられる前のわたしは、たぶん強かったんです。あんな状態で、日々を過ごすことが出来てたんですから。でも、あなたの手を取ってしまって、わたしは……わたしは、もう、おかしくなっちゃったんです……！」

五代さんのお礼は麻薬みたいなものなんです、と怒っていた木下の姿を思い出す。

「あなたから離れなきゃと思っただけで、足元がふらついた……何も色が見えなくなった、何もする気が起きなくなった……お母さんが、帰ってくるまで」

「……それは、昨日の」

「お母さんと、話せました。それも全部……あなたがしてくれたこと」

ほんの僅かに、木下は下がって距離を空けた。

熱を帯びた頬と、潤んだ瞳。感情のままに言葉を紡《つむ》いだ彼女は、強く熱い吐息を一つ吐き出して、もう一度俺をきっと睨んだ。

「昨日は言えませんでした。でも、今なら言えます。聞いてください」

「あ、ああ……」

もう何を言われるのか分からなくて、頷《うなず》くしかなかった。

余計なことをしすぎて遠ざけられたと思ったら、彼女から出てくる言葉はどれも、俺を肯定してくれるものばかりで。

それでいて、明らかに俺に怒っていて。やりすぎたらしいことは、分かる。でも、やりすぎたことそのものが、悪いわけではないとも言っているらしくて。

だから、木下が一度自分の胸に手を当てて深呼吸して、何やら決意したような目をした時に、俺の方がなんの覚悟もできていなかった。

「──あなたが好きです」

え、と俺の口だけが動いた。喉が渇き切っていたのか、声が出なかった。

「あなたに救われました。もしあなたのその優しさがやりすぎだというのなら、わたしにとっては違ったし……あなたが困っていることがあるのなら、その支えになりたいです」

いつの間にか、睨むようだった木下の視線は、優しく目尻を下げていて。

「どうすればいいのかは、まだよく分からないけど……」

呟《つぶや》きもまた、困りながらもなんというか、幸せそうで。

「あなたと離れたくない。それが、わたしの言えなかったことです」

「……木下の気持ちは、正直驚いたし、嬉《うれ》しいと思うけど」

「待ってください。その続きは、今言わないで」

ばっと手で制されて、俺の言葉は遮られた。

「五代さんの、こんなに珍しい驚いた顔見たら、分かります。予想もしてなかったって」

それは、確かにそうだが。小さく微笑《ほほえ》む木下からは、余裕すら感じられた。

「だからお返事は、今はどうか待ってください。あなたに釣り合うわたしになれたと思った時、改めてお伺いに参ります」

「釣り合う……？」

「今のわたしじゃ、とてもあなたと一緒に居たいなんて言えない。だから、烏滸《おこ》がましいことをするよりも離れなきゃって思った……でも、わたし、離れたくないっていうわがままを、抑えきれなかったんです」

「そんなことまで考えなくても……というか、普通はそんなこと考えないよ、木下」

俺に告白してきた子の内、誰がそんな釣り合う釣り合わないなんて考えていただろう。

ただワンチャン付き合えればいいと、そう博打《ばくち》にも似たチャレンジをしてきただけだ。

「ふふっ」

木下は、口元に手を当てて上品に笑った。

「わたし、真面目なので」

その一言に、肩の力が抜けてしまった。

「そう、か。そうだったな」

「はい」

二人で、少しだけ笑い合って。木下は、熱の残る頬にそっと両手を当てて冷ますようにして、それから改めて俺を見上げた。

「五代さん。こっちにだけ、返事をください」

「なんだろう」

「あなたのこれまでのことを聞きました。色んな人を助けて、それがやりすぎだと言われて……自業自得《じごうじとく》だとしても、傷ついたと」

「……まあそれは、単なる自省以外の意味を持たないんだけど」

「だったら、五代さん。もしこれまであなたの望む終わり方が、存在しなかったのだとしたら……」

まっすぐに俺を見つめる木下は、今まで見た中で一番可愛《かわい》らしい、照れたような顔。

「わ、わたしでは対価になりませんかっ」

「えっ？」

「だ、からその。わたしを助けてくれたのは、たぶん全部うまくいったと思います！」

「……」

……失敗したと、思っていた。今回もまた、余計なことをしてしまったと。

強い後悔があったわけじゃない。割と覚悟してやったことだ。雑賀《さいか》の言うところの、〝キモい〟くらいやりすぎた。とはいえそれで木下の中で丸く収まるならそれでいい。

感謝なんて諦めて、いつも通りを振りぬいた。

だから、言われて気付いた。

「……木下」

「はい」

返事の前に、一つ聞きたかった。

「……今、困ってることはないか？」

そう問うと、木下は緩く首を振ってから、花のような笑みを浮かべて。

「なにも。あなたのおかげで、幸せです」

「……そうか。……そっか」

その言葉は、俺にとって何よりも報いで。だから、答えも簡単だった。

「ああ。十分すぎる対価だ。ありがとう、木下」

「はい。──わたしを幸せにしてくれたこと、後悔させませんから」

ふへへ、と屈託なく微笑む木下は、くるっと回って、後ろ手を組んだ。

「待っててください。すぐにもう一度、頑張って目標に届いてみせます」

その目標とはきっと、俺と釣り合うという――正直、困った目標。

「分かった、待ってる」

気力十分の彼女には、そう答えるしかないけれど。

困った目標には違いない。だって本音で言ってしまえば、むしろもうとっくに俺にはもったいないくらいの女だろ。

あとしまつ

体育館の天井は高い。だから、天井に届くなんていうことは、本来あり得ないのだけれど……それでも不思議と天まで届くのではないかと感じることはあって。

たとえばそれは、今しがた放たれた綺麗《きれい》な放物線を描くスリーポイントシュートだ。

ぱしゅっと小気味良い音を立てて、ネットを綺麗に翻《ひるがえ》してリングを潜《くぐ》り抜けたボールが床にワンバウンドする前に、わーっと歓声が響く。

無理もない話だ。球技大会でスリーが入ることなんてあまり多くないしな。

そして何より、それを決めたのがバスケ部でもなんでもない可愛い女の子なんだから、当たり前と言えば当たり前だ。

歓声と同時に自陣に戻っていく五組の面々の中、彼女はこちらに振り向きざま、両頬の横でピースサインをこちらに向けてみせた。

やりました！　とでも言いたげな満開の笑顔に、俺は軽く笑みと手を振り返しておく。

と、どかっと隣に座る男が一人。

「なんだおい、あれ。木下《きのした》チャン超絶可愛いじゃねえか」

「なんだお前」

「五代涼真《ごだいりょうま》ってマジムカつくな。死ねばいいのに」

「なんだお前」

とんでもない怨嗟《えんさ》とともに、当たり前のように居座る雑賀。

「べっつに……はー、失敗したな今回マジで」

「木下がクラスに溶け込めたんだから万々歳だろ、お前も」

「まーそれはな。クラスの雰囲気悪くなんのはオレも歓迎しねーし」

試合展開は上々。今回の球技大会、女子もそこそこいい成績が出せそうだ。

木下も、度重なる得点で積み重ねた信頼からか、パスも貰《もら》えているようだし。

「シュート決めて五代涼真にエヘ顔ダブルピースするような女が、パス貰えてんのも不思議なもんだが。それ以上にそれが木下みなみってのがマジ……いや、ていうかあれ本当に木下チャンか？　別人だったりしねえ？　もっと暗くて誰彼構わず噛みつく女だろ」

「お前木下のことも嫌いなの？」

「いやオレが嫌いな人間は世界で唯一お前だけ」

「ああ、そう……」

その即答断言もなんともリアクションしづらいな。むしろ感情が重い。

「はー、見ろよあれ。明らかになんか吹き込まれてんぞ木下チャン」

「吹き込まれてる……？」

どういうことかと思って、飛び交うボールから木下へと意識を向けると、ベンチの友だちから何やらアドバイスを受けている木下の姿。

……なんか瞬間湯沸かし木下になった。めっちゃこっち見てくる。なんだ。

「木下チャン、もう絶対お前のこと大好きじゃん」

「ああ」

「ああじゃねえよ死ね。マジで死ね」

「いや……正直俺も戸惑っているしな……」

「ああ？　戸惑うも何もあるかよ。自分でプロデュースしたあんな好き好き感溢《あふ》れる女にヤることなんて一つだろうが」

「ちょっと気があればとりあえず食っとく、なんてお前のようなポリシーは俺にはない」

「ゴミがよ」

好き放題言いやがる。

そうこう話しているうちに木下はまたボールを貰って、今度は一瞬迷った末に綺麗なゴール下へのパスを出した。クラスメイトがきっちり決めて、良アシストだな。

なにやら木下はこっちをちらっと見て、曖昧な表情。ほっとしたのか、残念なのか。

「……大丈夫かな、あいつ」

「保護者かよ。ほっとけ平気に決まってんだろ。好きな男の前でシュート入った時の無茶ぶりでもされてんだろ」

「詳しいなお前」

「中学時代とかよくあっただろ。無いの？　童貞？」

「ここぞとばかりに煽《あお》ってくるなよ。中学時代にあったかどうかは、正直覚えてない」

「はあ？」

当たり前だろ。女子の試合をこんなにじっくり観戦なんてしたことがない。

「木下だから見てるだけだしな」

「お前、言動に気を付けろよマジで。オレの殺意がヤバいのもあるけど」

「雑賀の殺意なんてどうしろっていうんだ」

「それよりも、木下チャンが闇討ちに遭わないようにしろよ。五代涼真に気にかけられて妬まれてどうこう、とかあり得そうな話だし。……なんか、木下チャン主人公の少女漫画とか読んでる気分になってきたわ」

「どういうことだよ。というかお前、漫画は子どもの読むもんだって言ってたくせに」

「だから小学校の頃に読んだ姉ちゃんの少女漫画だよ」

「ひょっとして、少女漫画の男キャラクターに影響されてこんな風になっちゃったんですか？　雑賀尚道《なおみち》っていう自称イケメンは」

「喧嘩《けんか》なら買うぞお前。少女漫画から出てきたようなキャラしやがって」

「少女漫画のイケメンが、女教師に付け狙われるかよ」

「確かに、はははははは！！」

指さして爆笑すんな、殺そうかなこいつ。

と、木下がボールを相手から奪取《スティール》して速攻。綺麗なレイアップ。

跳んだ時の姿勢も綺麗なものだ。リングに向けた真剣な眼差《まなざ》しも良《い》い。あいつやっぱり、横顔が良いよな。

「ん？」

シュートが決まった直後、何やら必死でベンチに目を向ける木下。ベンチの女子に目をやると、何やらめっちゃ俺たちの方を指さしている。

なんか真っ赤な木下が俺たちを見た。ぷるぷる震える指でこっちをさした。

人を指さしちゃいけません、って怒る方が木下らしいが——と思っていたら指をさしたわけじゃなかったらしい。

「ば、ばぁん」

銃撃の真似事のようなことをして……それからなんか真っ赤になって、両手で顔を覆って退散した。あ、こけた。らしくないことをするから……。

「お前のハートも射貫《いぬ》いちゃうぞ、みたいなことやらされたってわけだ。可哀想《かわいそう》にな？」

「俺に言われてもなあ……」

ぼやいていると、なんかブザーが鳴った。お、メンバーチェンジか……あ。

「なんかあいつ、変なオーラが見えるの気のせいか？」

「気のせいなわけねえだろ死ね」

「お前からくない？」

雑賀の当たりの強さはともかく、なんか物凄《ものすご》いオーラを放ってコートに現れたのは如月《きさらぎ》亜衣梨《あいり》。入ってくるなり木下に絡《から》んでる。そいつ味方なんだけど？

「あいつら、仲良くなれるはずなんだけど……俺のせいなんだよなあ、あれ」

「自覚があるのは良いことじゃねえか、二股野郎」

「まだ一股すらかけてない」

「〝まだ〟ってやばくない？？？」

いや、だって、まだって言うしかないじゃないか……。

試合が再開されて、残り時間はあと少し。

開始直後、如月から木下に鋭いパスが通った。

「……大丈夫そう、か？」

嫌いだったらパスも出さないのではと思ったが、木下も驚いたように受け取って、そのまま綺麗なシュートを放つ。放物線を描いて生まれる一瞬の沈黙。

ぱすっと決まった瞬間、木下は笑顔をこちらに――あ、如月が俺と木下の対角線上に現れてなんかいえいいえーいってやりだした。木下が完全に見えなくなった。

なるほど、これが月食か。

「如月さん！！！！」

「なに。良いパスだったでしょ」

「それとこれとは話が別です！！」

「別じゃないんだけど。良いパスだったでしょ、ってアピールしただけだし。あんたは知らないかもしんないけど、あそこに涼真いるのよね」

「知ってますが！？？！？」

愕然《がくぜん》とした様子の木下。

仲が良いんだか悪いんだか……。

「まあでも、試合に心配は無さそうか」

「涼真お前、メンタル鋼か？」

「一応、完璧な男だから」

「いや最低な男だぞ今」

「雑賀《さいか》に言われたくはないなあ」

点数状況は上々。そろそろ俺たちも試合が始まる頃だ。

あ、そうだ。

「雑賀。俺に恥をかかせる方法が一つあるが、聞くか？」

「めっちゃ興味あるわ」

「今から始まる試合に無様に負ける」

「ざけんな。オレまでダサいわ。こっちもプライド懸ってんだよ」

「へぇ。クラスいちの人気者、みたいな？」

「いや？　五代涼真と唯一対等に話せるイケメン」

「対等とかそういうのやめろよ。話せる話せないで言えば、俺には河野《こうの》だっている」

「イケメンはオレだけじゃん」

「河野泣くぞ」

やれやれ。

ビー、と試合終了のブザーが鳴り響いた時、チームワークだけは抜群だった木下《きのした》と如月は、クラスに確かな勝利をもたらしていた。

如月が手を上げると、一瞬なにをするのかよく分かっていない顔の木下。

ただ、すぐにはっとしてぱちんと手を合わせていた。

小学校の頃には、やっていただろうしな。……あれ、どうなんだろう。存在は知っててもやったことないとか、そういう悲しいエピソードが出てきたりするんだろうか。

そのあと、上げたままの手をぶんぶんこちらに振る木下と、その対角線上にまたしても割り込む如月に笑って応えながら、俺も最後の試合へと向かった。

俺も雑賀も恥をかくようなことは無かった。

「──それじゃあ、五組男女バスケ優勝！　を祝いまして！　打ち上げェ！！」

雑賀の声に合わせて盛り上がる、四十人弱が入れる広いカラオケボックス。

慣れた様子で司会進行をしていく雑賀は、相変わらずのトーク巧者だ。

周囲の感情を操るのが楽しい、というのは本人の弁だが、まさしくこのカラオケボックス内の空気は彼の感情によって動かされているように見える。

一曲目からぶち込まれたのは誰もが歌える有名な、〝勝利〟を喜ぶアップテンポな盛り上げ曲。フリードリンクをみんなで掲げて、最初からクライマックスなテンション感。

言い出しっぺの法則とばかりに最初からみんなの前でマイクを持って歌わされている雑賀はご満悦。みんなで騒ぐだけで楽しいタイプの人間だから心配は要らないだろう。

俺も、いつマイクが回ってきても大丈夫だ。毎日練習してるからな。

「河野、楽しんでるか？」

「うん。さっき雑賀に相談して、どの曲ならみんなで楽しめるか絞ったとこ。おれの仲良いグループのやつらも大丈夫そうだ」

「そうか。なら良かった」

周囲を確認しても、特に白けた様子だったり何をしていいのか分からなかったり、なんてクラスメイトは居なそうだ。サッカー組は結構負けてしまったみたいだから少し気落ちしては居るけれど、言ってしまえば〝優勝記念〟は口実だ。

雑賀も分かっているだろうから、ことさらサッカー側をあげつらったりバスケ側を持ち上げたりなんて迂闊《うかつ》なことはしないだろう。

と、そこでLINEの通知。

「少し出てくる」

「お、分かった。すぐ戻る？」

「ああ」

隣に座っていた河野に一言告げて部屋を出た。

俺たちの広いホールルームがある地下から地上階に出て、外へ。

五月の日和が綺麗《きれい》な木漏れ日を形作る街路樹の下でスマホを取り出して、LINEを起動。

一人、仕事のために抜けてしまった如月に連絡を入れる。

「こっちはみんな楽しんでるよ」

『そ。何よりね。疎外感ってほどでもないけど、やっぱり少し後ろ髪は引かれるわ』

「仕方ないさ。クラスみんなで、って話なんだから」

『そうね。まー、球技大会出られただけでもよしとするかー』

「大活躍だったな、如月」

『当然でしょ。あたしが人前で無様晒《さら》すわけがないじゃない』

「違いない」

『……あんたと、同じだから』

ぽつりと呟《つぶや》かれた言葉。俺と同じ──人前で無様は晒さない。

「ああ。Airiだもんな」

『そうよ。Airiだからよ。あんたが、五代涼真《ごだいりょうま》であるように』

含むような言い方だった。言葉の裏に何かを感じて聞き返す。

何か、本当は別のことを言いたいのではないかと。殊更声を明るくして聞いてみた。

「どうした？」

『……ねえ、涼真』

見上げた空は、まだ沈まない太陽が今日に未練を残したように、強く照り付けている。

『あんたに釣り合う女ってさ。やっぱり完璧な女だと思わない？』

「……」

釣り合う、か。今日は、二度目の問いだ。

『……答えてよ』

「悪い、如月」

『っ』

「俺はその質問に対する答えを持ち合わせてない。俺は、自分に相応《ふさわ》しい誰かなんて、今日まで考えたことが無かったからだ。自分が完璧であることしか、目指してなかった」

『そ。……じゃあ考えて』

「ああ。答えられずにいるのは、完璧な人間とは言えないからな」

『……そうね』

「──如月、大丈夫か？」

声色が揺れているように思えて問うた。

一瞬、息を呑《の》んだようにブレスが入って、それから小さな否定が聞こえた。

『大丈夫よ。あたしは……あんたに助けてもらうような関係に戻りたくない』

「そうか。……そう約束したからか？」

『うん。それに、そうしたいからよ』

ふっと笑って、如月は声のトーンを高くした。

『さて、涼真には宿題を押し付けたし、あたしはそろそろ仕事に戻るわ』

「そうか。頑張れよ。応援してる」

『当たり前でしょ。あたしが頑張るのも……あんたがあたしを応援するのも』

「ああ」

相変わらずの如月節《きさらぎ》だと笑って、そろそろこの会話も終わりの雰囲気。

仕事も忙しいだろうし、こちらから言うべきことをさらっと伝えておこう。

「如月」

『なに？』

「ありがとう」

木下のことだ。といっても勝手に俺と如月の会話を聞かせたことに、ではない。そのおかげで結ばれた縁のことに、だ。木下と如月の間であった何かがきっかけなのだろうが、俺だって部外者ではないはずだから。

向こうから、盛大な溜《た》め息が聞こえてきた。

『蹴りたいなあ、あんたの背中』

「いつでも蹴れるさ」

『そう思ってるのはあんただけよ。近づくのに、どれだけ時間かけたんだか。……うじうじ言ってても仕方ないわね、切るわ』

「ん。……また学校で」

『そうね、また学校で』

どちらからともなく通話が切れて、一瞬スマートフォンに目を落とす。

如月から送られてきたスタンプに、同じものを返して顔を上げた。

完璧な男に釣り合うのは、完璧な女かどうか……その答えが、

「宿題、か」

「え、今日宿題出てましたか⁉」

突然の声に振り返れば、歩き途中で固まってしまったような木下の姿。

「いや、大丈夫だよ。心配しなくていい」

「そ、そうですか。良かった……」

ほっと溜め息を吐いて、それから木下は俺がスマートフォンを握っていることに気付いたようだ。自分の持っているものと見比べて、微笑《ほほえ》む。

「五代さんも、お電話でしたか」

なるほどどうやら、抜けてきた理由は同じらしかった。

「そんなとこ。宿題は今、電話相手から押し付けられた感じ」

「ええ……？」

そんなことある？　とばかりに脱力した顔。

「宿題は自分でこなさないと意味がありませんよ」

「ああ、違う違う。言い方が悪かったな。そいつの宿題を肩代わりするんじゃなくて、俺がそいつに提出しなきゃいけないんだ」

「なる、ほど……えっと、お手伝いしましょうか？」

「宿題は自分でこなさないとな」

「ふぐぅ……！」

笑うと、木下は胸を押さえてよろめいてしまった。

「ご、五代さんに何か返せそうだと思うと……なんか……変に……」

「ははは。気持ちだけはありがたく受け取っておくさ」

ちらっと見ると、復活した木下は少し顔を赤くして不満そう。夕日に照らされているせいか、余計に赤く見えてしまって、また少し笑ってしまった。

「そんなに笑わなくてもよくないですか⁉」

「ごめんごめん。おかしくて」

返せそうだ、か。

俺がやったことは俺の想《おも》った通り、正しく彼女を幸せにできたらしい。そう木下に言われた時、果たして救われたのはどっちだったか。

「っと、俺が居たら邪魔だな。通話はすぐに終わるのか？」

「邪魔だなんてそんな。ただ……お母さんに、今日はいつもより遅くなりそうって伝えないとって思って」

お母さんに、連絡か。

俺と夜に練習していた時は、一度も家を気にしたこともなさそうだった。それが今変わっているというのなら、こんなに嬉《うれ》しいことはない。

「五代さん」

「ん？」

「改めて、ありがとうございました。お母さんとも、仲直りできました」

「そりゃ良かった。少し気になってたから」

「その少しのおかげで、本当に救われた気分です」

照れくさげに微笑んで、木下《きのした》は俺に向き直った。

「あの、思ったんです」

「ん？」

「五代さんは前に、わたしに教えてくれました。努力の方向性のお話」

「……木下が、何を頑張ればいいのか分からないって言ってたやつか？」

そう問うと、彼女は小さく頷《うなず》いた。

フードコートで勉強した帰り道のことを思い出す。確かに俺は、友だちを作ろうとそう言った。

「わたし、五代さんの優しいところが好きです。あなたが、『見ていられないから』とわたしに声をかけてくれたから、今の幸せなわたしが居ます。あなたと、こうしてお話をできているわたしが居ます。こうやって、向かい合うだけで嬉しくて、それをそのままお伝えできてしまうような……わたしが」

だんだん語尾が小さくなっていって、なんか頭から湯気が出始めたぞこの子。

「やー、俺も凄《すご》い照れるな」

「だったらもっと照れた感じを出してください！！！」

じゃなくて、と彼女は無理やり遮るようにして続ける。

「……あなたの優しいところ、無理に直そうとする努力……やめませんか？」

「えっ？」

その言葉は、考えたこともないことで。

「お父さんがどうこう、というお話は、わたしは詳しく知りません。でも、あなたのしてくれたことだけは、よく知っています。だから……その、えっと」

「木下。その肯定は、嬉しい。でも」

如月はきっと、俺のことを誰よりもよく知っている。

俺の未来をあいつが予見したなら、きっとそうなってしまうとも思う。

だから、俺のこれはどうにかしたいものに変わりはない。

「だから五代さん！！」

「うぉ」

「あなたの幸せな方向に行かなくなりそうな時、これ以上は難しいと思った時……ほかにも、色々あった時……わたしがなんとかしますから！」

「……木下、が？」

強く頷いて、彼女は言った。

「どのみち五代さんと離れて生きていける気がしませんし」

「凄いこと言い出したな」

「だったらせめて、役に立ちたいです」

「……そう、か」

宿題の答えは、まだ分からないけれど。

目の前でやる気に満ちた表情の彼女が言った諸々《もろもろ》は、確かに考えたこともないことで。役に立つとか立たないとか、そういう関係を望んでいるわけではないが――ほんの少しだけ、胸の内で期待してしまっている自分が居た。

「……ありがとう、木下」

「っ……はい！」

どうなるかは分からない。ただ、やってみようと思った。

隣でこんな風に笑ってくれる子は、今まで一人だって居なかったから。

おしまい

この作者の話に付き合ってくれる道楽者さんに、敬意を込めて作品の経緯。

中学生の時に、とあるラブコメを読んで初めてラブコメっていう文化を知りました。

以来がっつり沼にハマって……ラノベに限らず色んな媒体でラブコメを摂取してきたように思います。

ラノベ、漫画、ギャルゲー、ドラマ、WEB小説に、やる夫スレとか。

ファンタジーや現代異能ものも大好きでしたが、同様にラブコメや恋愛軸の物語も大好きで、思えばたくさん触れてきましたし、人生を変える最高の出会いもありました。

ただその中で、これはダメだーっていうものもあって。

名作と名高いものを薦められても、どうしてもその一点があると読めないという、いわゆる地雷があったんです。

それが、ダサかったり、情けなかったりする主人公。

ボクは共感性羞恥がかなり強いタイプで——っと、共感性羞恥ってなにかって言うと、〝主人公の受ける恥とかを、自分のことのように感じてしまう〟っていう、まあだいたい日本人の十人に一人くらいが持ってる感覚です。意外と少ない。

で、ボクみたいな人間は主人公に対してこういう風に思うことがあるんです。

「どうしてそんな恥ずかしいことするんだよ」とか、

「こんな目に遭いたくて読んでるんじゃない」とか、

「そんなダサい反応したくない」とか。

そうして怒りを積み上げて、しまいには主人公に対して「お前なんかボクじゃない」と叩《たた》きつけてボクのペルソナが出現し——なんでもないです。

ともかく、そういう風な気分になるのがとても嫌だったんです。今もかな。今も嫌。

そんなわけで、ラブコメや可愛《かわい》いヒロインは好きなのに、読める作品に制限が掛かってしまうという切ない状態。もちろん選《え》り好《ごの》みしてしまう自分の責ではあるのですが……。

でもだってどうせなら、気持ちよくかっこいい主人公になりたいじゃん？

そんな風に思ってました。

それで今回ラブコメを書いてみないかと言われて企画を練る内、ふと気づいたんです。

『たとえばボクと同じようなこと思ってる人が居たとして……ボク自身が気にしているからこそ、共感性羞恥強めの人でも安心して読める作品を提供できるんじゃないかなあ』

って。

わかんない。結局そんなとこ気にしてんのボクだけかもしれない。

主人公が情けなくても、ダサくても、ヒロインが可愛ければオールオッケー。そこには拘《こだわ》らないのがラブコメの文化である……のかもしれない。

でも、企画を考えた時に、やっぱり主人公に感情移入するならカッコいい方がいいかなって思って、同じ思いの人がどのくらい居るかな？　とも思ったんですよね。

今回の作品は、そういうところを担保する感じにタイトルを付けたんです。

『完璧な俺の青春ラブコメ』

大丈夫、主人公はこの五代涼真。読んでいる皆さんに、情けない思いや恥ずかしい思いはさせない。だから安心してお読みください……なんて。

好きなヒロインと相性が良かったのもあります。

木下《きのした》みなみ。頑張ってる子。挫折しちゃって、自己肯定感が低い。

そういう子の唯一の理解者になって、支える。

その結果として、みなみの情緒がちょっとバグってしまうこともあるけれど……でも、救えた。みたいな。

だからこれは「ボクが読みたかったラブコメ」で、かつ、「手に取った人が読みたかったラブコメなら良《い》いなと思って書いた作品」、デス。

どうだったかな。

楽しんで貰《もら》えたら、本当に良かった。

良かったよって方は、感想サイトとか、SNSとかで感想ください。

そんでその感想を見つけた色んな人に、この作品が届いたら、嬉《うれ》しいです。

よろしくどうぞ。

さて。そんなわけで以下は謝辞になりしゃす。なりやす。

この企画の草案作った時、「完璧な俺のラブコメ」で行きましょう、と舵《かじ》を切り、紛糾する編集会議を神速突破してくれた編集O氏。

希望する方向性からさらに昇華したデザインとイラストを記載し、やはり餅は餅屋と証明し続けてくれている kodamazon 先生。特に亜衣梨がヤバい。

なんだかんだ結構小説出しているなかで、正直一生この人が良いなと思った今回の初校の校正さん。

作品執筆にあたり、調整に多大な助力をいただいた盟友みかみてれん氏。

そして何より、本編をお楽しみいただいたうえで、わざわざこんなところでこんな語りにまでお付き合いいただけたあなたに感謝を。

2022年 12月吉日 別の仕事途中にぶっこまれたあとがき執筆に文句垂れながら
藍藤《あいふじ》 唯《ゆう》 拜《はい》

富士見ファンタジア文庫

完璧《かんぺき》な俺《おれ》の青春《せいしゅん》ラブコメ
1.ぼっち少女《しょうじょ》の救《すく》い方《かた》

令和5年1月20日　初版発行

著者——藍藤《あいふじ》 唯《ゆう》

発行者——山下直久

発　行——株式会社KADOKAWA
〒102-8177
東京都千代田区富士見2-13-3
0570-002-301（ナビダイヤル）

印刷所——株式会社暁印刷

製本所——本間製本株式会社

※定価はカバーに表示してあります。
●お問い合わせ
https://www.kadokawa.co.jp/（「お問い合わせ」へお進みください）
※内容によっては、お答えできない場合があります。
※サポートは日本国内のみとさせていただきます。
※Japanese text only

ISBN978-4-04-074884-9 C0193 ◇◇◇

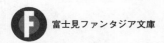